海岱诗丛（第二辑）

金乡诗草

山东诗词学会
中共金乡县委宣传部　编
金乡县文学艺术界联合会

中国书籍出版社
China Book Press

图书在版编目（CIP）数据

　　金乡诗草 / 山东诗词学会，中共金乡县委宣传部，金乡县文学艺术界联合会编. -- 北京：中国书籍出版社，2022.9

　　（海岱诗丛. 第二辑；8）

　　ISBN 978-7-5068-9178-3

　　Ⅰ．①金… Ⅱ．①山… ②中… ③金… Ⅲ．①诗集－中国－当代 Ⅳ．① I227

　　中国版本图书馆 CIP 数据核字（2022）第 163549 号

金乡诗草

山东诗词学会　中共金乡县委宣传部　金乡县文学艺术界联合会　编

策　　划	毕　磊
责任编辑	毕　磊
责任印制	孙马飞　马　芝
封面设计	庄伲伲
出版发行	中国书籍出版社
社　　址	北京市丰台区三路居路 97 号（邮编：100073）
电　　话	（010）52257143（总编室）　（010）52257153（发行部）
电子信箱	eo@chinabp.com.cn
经　　销	全国新华书店
印　　刷	山东麦德森文化传媒有限公司
开　　本	787×1092 毫米　1/16
字　　数	4600 千字
印　　张	226
版　　次	2022 年 9 月第 1 版　2022 年 9 月第 1 次印刷
书　　号	ISBN 978-7-5068-9178-3
定　　价	480.00 元（全 12 册）

版权所有，翻印必究

海岱诗丛（第二辑）
《金乡诗草》编纂委员会

主　　编：赵润田
执行主编：蒿　峰　杜　兵
编　　辑：王来宾　谢洪英　李传芬
　　　　　李宗健　任彬彬

海岱诗丛·总序

经过一番忙碌，海岱诗丛终于面世了。山东诗词学会诸位同仁推我作序，欣欣然而从命。

海岱者，山东之谓也。这套丛书收录的是当下山东诗人及诗词爱好者刚刚创作的诗、词、曲、赋，花开千树，清露未晞，芳香浓郁。丛书出全，约费五年之功，达百册之巨，规模可类《全唐诗》，是新时代山东诗词创作的盛大检阅，亦是齐鲁诗坛俊逸之才的精彩展示。

山东地处黄河下游，历史悠久，文化厚重。在这片英雄的土地上，我们的先人创造了源远流长、光辉灿烂的文化。就诗词而言，从孔夫子删编《诗经》算起，两千多年来，历代诗人词家灿若群星，名篇佳作难以胜数，尤其出了刘桢、王粲、李清照、辛弃疾、张养浩、王禹偁、晁补之、李攀龙、谢榛、王士禛等宗师大家，皎如日月，彪炳诗坛。时至今日，齐鲁大地诗风甚盛。嘉节吉时，常见诗人雅会，乡镇社区，时闻吟诵之声，年无分长幼，皆以习诗为雅、能诗为荣。尤其近年党中央倡导弘扬中华优秀传统文化，诗词事业更得浩荡东风，千帆竞发，百舸争流，蓬蓬勃勃，一派兴盛气象。

山东诗词学会，成立于一九八四年，是在省民政厅注册登记的民间社团组织，隶属于省政协办公厅，以推动诗词繁荣为宗旨。面对先贤昔日辉煌，面对时代强力呼唤，面对文朋诗友殷切期待，二〇一九年四月，全省第四次会员代表大会提出,以习近平新时代中国特色社会主义思想为指导,团结奋斗,扎实工作,推动山东诗词事业持续健康发展,力争早日使山东诗词整体水平,与山东人口大省、文化大省、诗词大省的地位相匹配,与山东在全国经济社会格局中的地位相匹配,为实现省委、省政府提出的"走在前列,全面开创"的总体要求、为建设现代化强省贡献力量。围绕落实既定目标,于是就有了"六个一"活动,包括有了这套海岱诗丛。

所谓"六个一"活动,是省学会与县市区优势互补、互利共赢、联手推动诗词发展的一种合作模式。具体做法是,由县市区负担所需经费、组织人员、提供场地,而省学会在一年内为其提供六项服务。包括在该县市区举办一次高端诗词培训,邀请一批省内外著名诗词专家讲座,与文朋诗友面对面切磋指导;组织著名诗人进行一次采风活动,创作诗词曲赋,赞美该区域悠久历史、著名景点、淳厚风情;组织一次诗词有奖征文比赛,巩固培训成果,让风人骚客同场竞技、展示才华;策划一次集中宣传报道,在省以上报刊网站,全面推介该县区发展成就、经济优势、文旅特色、典型经验;正式出版一册诗集,汇纳该区域优秀诗作,展示诸位诗友胸襟才情,反映独特社会风貌;收集一套涵盖该县区历代诗人诗作资料,从先秦至民国,应收尽收,由省学会汇总编入《山东诗藏》,以资后世学习研究之用。

作为丛书,作者众,诗作多,规模大,则长短兼具,瑕瑜互见。优势在于,覆盖面大,代表性强,品类齐全,美不胜收。其中既有抗洪抗疫之时代强音,犹如黄钟大吕,振聋发聩,也有城乡工农之平凡生活,寓目辄书,情趣横生;既有春花秋月夏云冬雪传统美境,也有高铁航天手机网络现代意象。春兰秋菊,各擅胜场,慢慢品酌,各有妙处。正如一滴水可以折射太阳的光辉,当连续吟诵、沉湎欣赏、慨叹时代生活的丰富繁华,感受诗人词家的情感激荡之外,可以体悟各种抒发背后的骄傲与自信、悠闲与满足、宽容与厚重、开放与张扬，这些都是经历过大起大落、处在奋发向上环境中所特有的。它充满生机活力，属于我们这个特定时代。

丛书之长，恰恰亦为其短。诗坛耆老味道醇美之作，只是一类，书中还确有些初窥门径，几近处女之作，犹之孩童蹒跚学步，其作品稚嫩一目了然，此类作品在书中占有一定比重。省学会已注意到这个问题。非不为也，实不能也。要提高其质量，并非一日之功，而省学会精锐饱学之士也为数非多，难以具体指导，况且时间也不允许。面对这种境况，只要政治立场、情感基调无大偏差，格律说得过去，我们就放行录入。这就使得该书诗作参差不齐，确有个别作品可能难入法眼，只能请方家以允许百花齐放之博大胸襟，予以包容。然而依我浅见，对初学之人、年轻后辈，也未可小觑。一番勤学善思，"干之以风力，润之以丹彩"，有佼佼者成长为辛、李大家，也未可知。毕竟世间无奇不有，万事皆有可能！

相对既定目标，当前所为，不过刚刚开端，展望今后，任重而道远。但既然走出第一步，有了决心、行动、典型和经验，达成既定目标便没有任何游移和悬念。可以设想，五年又或六年，当所有计划项目都事功圆满之后，山东大地，会有更多的人喜欢诗词、吟诵诗词，创作诗词，诗词大军更加宏大而严整；海岱诗坛，会有更多精品力作，如泉喷涌，万紫千红，新干老枝愈益果实累累。那时，回望今日，我们会为自己做了正确而大有价值之事，而感到骄傲和自豪。

是为序。

赵润田

二〇二二年八月

《金乡诗草》序

　　古典诗词是中国古代文学艺术的精髓，是中国文化长河里的瑰宝。从《诗经》《离骚》到汉赋，从唐诗宋词到元曲，屈原、李白、杜甫、苏轼、陆游……这一篇篇经典，这一个个名字，一直在历史的星空上熠熠生辉，光耀千古。数千年来，诗词文化早已融入中国人的血脉，成为中华文明不可或缺的文化基因。

　　党的十八大以来，围绕传承和弘扬中华优秀传统文化，习近平总书记发表了一系列重要论述，特别指出："优秀传统文化是一个国家、一个民族传承和发展的根本，如果丢掉了，就割断了精神命脉。"

　　金乡是两千年古县，历史悠久，文化繁盛，大诗人李白就曾多次游历金乡，并在此写下了"青山横北郭，白水绕东城"的著名诗句。近年来，金乡县委、县政府高度重视传承和弘扬优秀传统文化工作，书法、京剧、围棋、陶艺等不仅在校园生根发芽、开花结果，而且在社会各界引起广泛共鸣，"金乡现象"引起全省乃至全国关注。

　　2020年12月，省诗词学会与金乡县委宣传部签订了战略合作协议，拉开了金乡普及诗词文化的大幕。次年3月份，省诗词学会邀请十多位专家来金乡举行诗词培训采风活动，接着金乡县又联合山东诗词学会开展了"王杰故里，诚信金乡"诗词创作征稿活动，迈出了金乡普及诗词文化的坚实一步。根据山东诗词学会的统一安排，各县区将获奖作品、山东诗词学会来金乡采风作品及金乡本地诗词原创作品结集出版，命名为《金乡诗草》。这将有利于扩大获奖优秀作品的影响，推介精品佳作在更大范围内传播，更好地推动文艺创作和服务基层、服务群众。

诗词文化是金乡在传承和弘扬中华优秀传统文化方面开辟的新战场，也是金乡着力实施"人文金乡"战略，加快"文化强县"建设步伐的新举措。我们相信，在省诗词学会的大力支持下，在全县诗词爱好者共同努力下，"诗意金乡"必将成为金乡的一张新名片。

中共金乡县委书记 郑士民

目　录

◎ 海岱诗丛·总序

◎《金乡诗草》序

第一辑　采风作品

蒿　峰 ……………………………………………………………… 01

  到金乡 …………………………………………………………… 01

  金乡王杰纪念馆 ………………………………………………… 01

  生查子·过金乡羊山集 ………………………………………… 01

  生查子·道经鸡黍集 …………………………………………… 01

林　峰 ……………………………………………………………… 02

  浣溪沙·金乡奎星楼 …………………………………………… 02

  鹧鸪天·羊山战役纪念馆 ……………………………………… 02

向小文 ……………………………………………………………… 02

  西江月·忆金乡羊山战役 ……………………………………… 02

  玉蝴蝶·金乡大蒜 ……………………………………………… 02

布凤华 ……………………………………………………………… 02

  访王杰纪念馆及王杰村 ………………………………………… 02

国际蒜都中心——金乡 ··· 03
　　美丽乡村 ··· 03
　　羊山战役 ··· 03
　　金乡城区游（三首） ·· 03

林建华 ··· 04

　　蒜都吟 ··· 04
　　江北水乡金乡 ·· 04
　　金乡贡米 ··· 04
　　走近文峰塔 ··· 04
　　瞻鲁西南战役纪念馆 ·· 04
　　参观王杰纪念馆 ·· 04
　　咏金乡 ··· 05
　　大蒜批发市场赞 ·· 05

王志静 ··· 05

　　赞金乡 ··· 05

张延龙 ··· 05

　　参观王杰纪念馆有感 ·· 05
　　鲁西战役纪念馆 ·· 06

张维刚 ··· 06

　　初识金乡 ··· 06
　　参观鲁西南战役纪念馆（通韵） ·························· 06
　　远瞻羊山革命烈士塔 ·· 06
　　王杰村感吟 ··· 06
　　金乡两山吟 ··· 06
　　金乡历史名人两吟（通韵） ································· 07
　　恋金乡 ··· 07

赞诗友金乡莱河畔清晨拍照 ········· 07
　　尾　音 ··························· 07
　　四地采风记怀（通韵）············· 07

王来宾 ···························· 08
　　金乡大蒜（通韵）················· 08
　　鸡黍之交三首（通韵）············· 08
　　金水湖（通韵）··················· 08
　　瞻观王杰故里所思（新韵）········· 08
　　羊山之仰（通韵）················· 09
　　金乡印象（通韵）················· 09
　　玉蝴蝶·金乡大蒜················· 09
　　浣溪沙·金平湖畔················· 09
　　菩萨蛮·羊山民俗漫步（通韵）····· 09

刘业玲 ···························· 10
　　拜谒王杰纪念馆··················· 10
　　瞻鲁西南战役纪念馆题寄··········· 10
　　访葛山村头遇百岁老妪感怀········· 10
　　莱河赏月························· 10
　　金乡行（新韵）··················· 10
　　采风归来路上寄怀················· 11
　　临江仙·参观"天下大蒜第一村"崔口村感怀 ··· 11

马明德 ···························· 11
　　辛丑春过金乡县羊山集············· 11
　　印象金乡（通韵）················· 11
　　参观鲁西南战役纪念馆有感（通韵）· 11
　　金乡李家大院····················· 12

  参观金乡王杰纪念馆 …………………………………… 12
  礼赞中国大蒜第一村崔口 ……………………………… 12
  行香子·金乡山前胡庄纪游 …………………………… 12

蒙建华 ……………………………………………………… 12
  金乡音符 ………………………………………………… 12
  游金济河奎星湖 ………………………………………… 13
  金平湖畔 ………………………………………………… 13
  题羊山 …………………………………………………… 13
  参谒王杰纪念馆 ………………………………………… 13
  贺圣城诗词研修完美收官 ……………………………… 13
  咏金乡 …………………………………………………… 13
  金乡文峰塔 ……………………………………………… 14

赵　志 ……………………………………………………… 14
  谒金乡王杰纪念馆 ……………………………………… 14
  奎星湖 …………………………………………………… 14
  水乡金乡 ………………………………………………… 14
  西江月·金平湖有感 …………………………………… 14

王传菊 ……………………………………………………… 15
  谒金乡王杰纪念馆 ……………………………………… 15
  金平湖有感 ……………………………………………… 15
  金水湖泛舟 ……………………………………………… 15
  鹧鸪天·题奎星湖 ……………………………………… 15

朱振东 ……………………………………………………… 15
  清明念王杰（新韵） …………………………………… 15

第二辑　征稿诗词作品

刘双保 ·· 16
- 庚子·春晓（新韵）·· 16
- 初秋登金山观阁（新韵）·· 16
- 庚子二月二看电视新闻（新韵）·· 16
- 己亥观国庆阅兵（新韵）·· 17
- 黄鹂（新韵）·· 17
- 偶翻同学赠书有感（新韵）··· 17
- 庚子夜雨春晓（新韵）··· 17
- 闻日本因釜山慰安妇铜像召回大使（新韵）····························· 17
- 新冠疫情家居有作（新韵）··· 18
- 观杏（新韵）·· 18
- 金乡赋··· 18

吴志亮 ·· 19
- 诚信金乡赋··· 19

张立芳 ·· 21
- 金乡大蒜·· 21

李宏允 ·· 21
- 醉翁操·金乡魁星湖··· 21
- 剜荠菜··· 21
- 春到农家·· 21
- 乡村秋韵·· 22
- 冬　韵··· 22
- 冬雪感赋·· 22

初冬望江南 ································· 22
　　步月·岁杪寄赠孙云芳老师 ················ 22
　　夜半乐·晨步湖滨 ·························· 23
　　江月晃重山·游金平湖 ····················· 23
　　虞美人·游星湖 ····························· 23
　　少年游·咏涞河 ····························· 23
　　少年游·游星湖步孙云芳女士韵 ············ 23
　　春游东鱼河（古风） ························ 24

卢旭逢 ·· 24
　　金乡赞歌 ······································ 24

张凯敏 ·· 24
　　夜登魁星楼 ··································· 24
　　金山公园 ······································ 25
　　文峰塔 ·· 25
　　贺文峰桥五月通车 ··························· 25
　　鹊桥仙·金乡新城 ·························· 25
　　扬州慢·心系家乡 ·························· 26
　　好事近·寄钟老 ····························· 26
　　水调歌头·贺建党一百周年（新韵） ········ 26
　　沁园春·贺建党一百周年 ··················· 26

张　鹏 ·· 27
　　金乡印象 ······································ 27

金　旺 ·· 27
　　闻山东金乡大蒜六百吨捐至湖北疫区 ······· 27

张新荣 ·· 27
　　怀念王杰 ······································ 27

孙思华 ·· 28
    鹧鸪天·金乡大蒜（新韵）························ 28

杨秋艳 ·· 28
    太白湖有望（新韵）······································ 28
    金济河之春 ·· 28
    烟雨金济河 ·· 28
    金平湖（新韵）··· 28
    离思（新韵）··· 29
    秋　望 ··· 29
    晚　钓 ··· 29
    渔歌子 ··· 29

管恩锋 ·· 29
    鹧鸪天·王杰 ··· 29

李红梅 ·· 30
    文峰塔夕照 ·· 30
    送　友 ··· 30
    残　荷 ··· 30
    清平乐·花样滑冰 ··· 30
    浣溪沙·初雪 ··· 30
    浣溪沙·无题 ··· 30
    少年游·心亦若清秋 ···································· 31

马建军 ·· 31
    王杰故里诚信金乡颂 ··································· 31

张冠军 ·· 31
    怀念王杰（新韵）······································ 31

邢建新 ·· 31

金　乡 …………………………………………………… 31
　　金乡春行 ………………………………………………… 32
　　金平湖早春 ……………………………………………… 32
　　金平湖春行 ……………………………………………… 32
　　题山阳古都 ……………………………………………… 32

姜　超 …………………………………………………………… 33
　　临江仙·听《碧海潮生曲》有怀 ……………………… 33

安殿轩 …………………………………………………………… 33
　　沁园春·金乡县（新韵） ……………………………… 33
　　羊山运河吟 ……………………………………………… 33
　　咏兴湖公园垂柳 ………………………………………… 33
　　金乡新貌（新韵） ……………………………………… 34
　　歌颂建党一百周年（新韵） …………………………… 34
　　咏金乡（新韵） ………………………………………… 34
　　金乡金水湖湿地公园（新韵） ………………………… 34
　　咏羊山王杰纪念园荷池（新韵） ……………………… 34
　　喇叭花（新韵） ………………………………………… 35
　　咏野草（新韵） ………………………………………… 35

王　彧 …………………………………………………………… 35
　　走进金乡 ………………………………………………… 35

李艳丽 …………………………………………………………… 35
　　金乡新貌三首之一（新韵） …………………………… 35
　　思乡（新韵） …………………………………………… 36
　　雨后春容（新韵） ……………………………………… 36
　　念故人（新韵） ………………………………………… 36
　　乡愁（新韵） …………………………………………… 36

  春望（新韵）·· 36

  金乡新貌之二（新韵）······································· 37

  金乡新貌之三（古风）······································· 37

史月华 ··· 37

  访羊山有感（新韵）··· 37

任彬彬 ··· 37

  夏雨过村（新韵）·· 37

  秋钓金鱼湖·· 37

  春　回·· 38

  春游金平湖·· 38

  春游金水湖·· 38

  乡村四月（二首）·· 38

  山中秋夜·· 38

  初　秋·· 39

  春归故里·· 39

  金乡羊山曹操点兵台·· 39

辛中发 ··· 39

  垂钓两首（其一）·· 39

  公祭日·· 40

  冬至日·· 40

  老办公桌·· 40

  小儿将毕业有寄·· 40

  山　居·· 40

  用"日暮客愁新"为韵，拟乡愁一组···························· 40

张德民 ··· 41

  金乡颂·· 41

周秋香 ··· 41

    浪淘沙·思乡 ··· 41

    清平乐·思乡（新韵）··· 42

    水调歌头·中秋（新韵）····································· 42

杨先进 ··· 42

    百年党庆礼赞 ··· 42

张化纪 ··· 42

    建党百年赋 ··· 42

孙云芳 ··· 44

    少年游·冬日闲咏 ··· 44

    鹧鸪天·游金平湖 ··· 44

    鹧鸪天·金乡新貌 ··· 45

    鹧鸪天·悼英雄王杰 ··· 45

    临江仙·大美金乡 ··· 45

    念奴娇·赞金乡 ··· 45

    秋波媚·金乡公园 ··· 45

周光远 ··· 46

    蒜乡赞（通韵）··· 46

    醉美金乡 ··· 46

    王杰精神赞 ··· 46

    浪淘沙·奎星湖公园 ··· 46

    浪淘沙·咏金山公园 ··· 47

    清平乐·金乡赞 ··· 47

    忆江南·崔口新村（二首）······························· 47

胡瑞鹤 ··· 47

    暮　春 ··· 47

梅花（新韵） ······················· 47

　　寄　思 ··························· 48

　　闲游金平湖（新韵） ··················· 48

　　早春（新韵） ······················· 48

　　暮春有感 ·························· 48

常昭顼 ····························· 48

　　奎星湖（五首） ······················ 48

杨明志 ····························· 50

　　游老家鹰山（新韵） ··················· 50

　　梦乡（新韵） ······················· 50

　　偶遇（新韵） ······················· 50

　　春望（新韵） ······················· 50

　　寒冬见树上鸟巢有感（新韵） ············· 51

孙亚春 ····························· 51

　　赴外打工（新韵） ···················· 51

白艳丽 ····························· 51

　　早春（五首） ······················· 51

　　赏梅来迟（二首） ···················· 52

　　春　蚕 ··························· 52

　　早春戏咏阳台萝卜花 ·················· 52

　　夜闻槐香 ·························· 52

齐胜勤 ····························· 53

　　星湖公园 ·························· 53

　　平湖秋色 ·························· 53

　　羊山天池 ·························· 53

　　蒜乡飘香 ·························· 53

锦绣金乡城（四首） ······················· 53
　　鹧鸪天·滨河大道闲步 ····················· 54
　　破浣溪沙·金济河 ························ 54

李建国 ··································· 55
　　迎孟晚舟 ······························ 55
　　致秋菊 ································ 55
　　观《突围》有感 ·························· 55
　　枫林夕照 ······························ 55
　　致残荷 ································ 55
　　群鸦拜鬼 ······························ 55
　　小　雪 ································ 56
　　读郭老《李白与杜甫》 ······················ 56
　　赞越王 ································ 56
　　月　季 ································ 56

陈新敏 ··································· 56
　　游遇龙河 ······························ 56
　　春　雨 ································ 57

张　云 ··································· 57
　　春日（五首） ··························· 57
　　夏日寄友（三首） ························ 58
　　冬游金平湖（二首） ······················· 58

张新静 ··································· 59
　　金乡县长宁湖赞 ·························· 59
　　金乡金鱼湖掠影 ·························· 59
　　金乡旧八景景目诗（新韵） ··················· 59
　　奎星楼 ································ 59

金乡东城新区观感（古风） ………………………………… 60

介成峰 ………………………………………………………… 60

文渊阁 …………………………………………………… 60

羊山烈士陵园记（新韵） ………………………………… 60

羊山战役纪念馆（新韵） ………………………………… 60

星湖公园（古风） ……………………………………… 61

光善寺塔（古风） ……………………………………… 61

奎星湖（古风） ………………………………………… 61

奎星楼（古风） ………………………………………… 61

仙人桥（古风） ………………………………………… 62

九曲桥（古风） ………………………………………… 62

金谷（古风） …………………………………………… 62

第三辑　现代诗作品

李新民 ………………………………………………………… 63

一世之隔（组诗） ……………………………………… 63

谢　罪 …………………………………………………… 65

祭　父 …………………………………………………… 66

张化纪 ………………………………………………………… 70

故乡啊故乡 ……………………………………………… 70

划过百年的那条红船 …………………………………… 72

老家的那棵柿子树 ……………………………………… 75

初冬的枝头 ……………………………………………… 76

中国红 …………………………………………………… 78

李艳丽 ... 79
　　谁的月亮 ... 79
　　种一棵树 ... 80
　　春天就是一朵为你而开的花 ... 81
　　四季，你听我说 ... 82
　　夜雨秋（三首） ... 83

王金环 ... 84
　　云水谣 ... 84
　　留住花开的日子 ... 85

任彬彬 ... 85
　　我和春天叫个板 ... 85
　　树叶哭了 ... 86
　　一帆风顺 ... 86
　　夜　雨 ... 88
　　我有一座城池 ... 89
　　一株百合花 ... 89
　　你 ... 90
　　不如是这样 ... 91

刘双保 ... 92
　　桃花又开 ... 92
　　一个字的叫法 ... 93
　　一只蝴蝶 ... 94

吴淑荣 ... 95
　　曲水流觞 ... 95

李　兵 ... 97
　　别拉窗帘 ... 97

伴你一生，仍嫌太短 …………………………………… 99

邓素粉 ……………………………………………………102
　　午　后 …………………………………………………102

张秀玲 ……………………………………………………103
　　曾记否 …………………………………………………103
　　梦　境 …………………………………………………104
　　元宵节的烟花 …………………………………………105
　　致童年 …………………………………………………105
　　春天了，请到金乡来赏花 ……………………………107

高志伟 ……………………………………………………108
　　早春的湖柳 ……………………………………………108
　　清　晨 …………………………………………………109

杨思功 ……………………………………………………110
　　梦在心里，爱在路上 …………………………………110
　　假如借我一天的时间 …………………………………110

宗风秋 ……………………………………………………111
　　薄　荷 …………………………………………………111
　　愿　你 …………………………………………………111
　　写给七月的情诗（组诗） ……………………………112
　　故乡的云（组诗） ……………………………………116

梁红玲 ……………………………………………………117
　　诚　信 …………………………………………………117
　　那汪泉 …………………………………………………118
　　高　楼 …………………………………………………120
　　我的金乡 ………………………………………………120
　　村　庄 …………………………………………………122

秋　荷 ………………………………………… 122
　　重　逢 ………………………………………… 123
张志壮 …………………………………………… 124
　　金乡的金山 …………………………………… 124
　　金乡万福河 …………………………………… 125
　　金乡奎星湖 …………………………………… 125
　　秋　雨 ………………………………………… 126
　　遥远的爱 ……………………………………… 127
　　浮　沉 ………………………………………… 128
　　金　乡 ………………………………………… 129
杨焕梅 …………………………………………… 130
　　春 ……………………………………………… 130
　　秋 ……………………………………………… 131
　　海南之夏 ……………………………………… 132
　　上海之夏 ……………………………………… 132

第一辑　采风作品

◆ 蒿　峰

到金乡

九湖依傍五河生，城卧清波水绕城。

生态鲁西金邑好，遥听善化几钟鸣。

金乡王杰纪念馆

心存大义即归仁，生死关头自殉身。

两不怕铭千代颂，我来古缗拜斯人。

生查子·过金乡羊山集

精甲渡黄河，逐鹿中原垒。首战取羊山，右翼伤其臂。

峰顶石为尘，碧血洇残帜。秋重过山前，号角犹闻吹。

生查子·道经鸡黍集

沃野绿如烟，小镇声名著。范式两年期，张劭呈鸡黍。

一诺重千金，守信知其举。今古此同心，勒马临风伫。

◆ 林　峰

浣溪沙·金乡奎星楼

层叠危楼入碧空，画桥柳色满湖东。此情不与古人同。　瑞霭渺如花影淡，奎星遥点鹤翎红。知谁夜半听鱼龙。

鹧鸪天·羊山战役纪念馆

百战山河作壮图，碉楼掩映暮烟疏。山前往事明斜日，石上清风贯碧梧。　把浊酒，忆当初。张天烈焰渐模糊。宝刀再把旌旗展，中有殷红血未枯。

◆ 向小文

西江月·忆金乡羊山战役

一夜轻舟飞渡，枪鸣百里羊山。当年一战骨堆寒，往事茫茫吹散。　梦里英魂呼唤，声声杜宇云边。陵园默默欲无言，溅起春愁片片。

玉蝴蝶·金乡大蒜

绵柔醇厚千寻，思念到如今。辣味作甘霖，加餐委重任。晶莹弯似月，馐美是知音。回味味长侵，味长思故心。

◆ 布凤华

访王杰纪念馆及王杰村

火光一缕铸忠魂，拜访羊山角下村。

故国由来多勇士，金乡英烈出寒门。

国际蒜都中心——金乡

金乡蒜酒几倾壶，如醉如仙不必扶。
更敷晶莹香蒜粉，何愁老媪变明姝。

美丽乡村

精培苗木细裁花，农舍已无耧与耙。
叮嘱灶神归路记，天庭事毕好回家。

羊山战役

不忍碑前睹勒铭，尸横沟壑落寒星。
春风山畔满坡草，应是年年带血青。

金乡城区游（三首）

一、城区

美酒更兼花气熏，人间天上断难分。
五湖四水方醒目，复醉缤缤五彩云。

二、海棠花

湖山相抱气氤氲，独秀西南卓不群。
为答辛勤种花客，春风满郭落红云。

三、梨花

莺啭青青堤畔柳，天光上下俱澄澈。
轻衫舞动春风暖，何事飘飞三月雪？

注：五湖四河的金乡县有水城之称，湖畔河滨，海棠、梨树、连翘等花木交相辉映，五彩缤纷。

◆ 林建华

蒜都吟

据传凿土获黄金，宝地真实遍野银。
玉瓣莹白销世界，蒜都汇聚五洲宾。

江北水乡金乡

九淀五河十八湾，熏蒸雾罩水云间。
瑶池天降神奇景，仙境金乡玉醴潆。

金乡贡米

虽无寸宝曰金乡，贡米丹黄盛誉扬。
粟粒浑圆殊色彩，谷园胜地散清香。

走近文峰塔

尉迟监造历千年，耸立金乡刹寺边。
儒佛相融之圣物，俯观古邑录风烟。

瞻鲁西南战役纪念馆

羊山扑面火烟来，沥血霞红荡魅埃。
大道百年身铺就，初心无悔绽梅开。

参观王杰纪念馆

忘我投身护众人，厉行"二不"铸精神。
风流战士传承志，光照千秋越挚醇。

咏金乡

古邑沧桑故事多，千年云路尽蹉跎。
米香贡品京人宴，蒜辣倾翻齐鲁哥。
丰水泱泱绕村户，飞花楚楚艳田坡。
惊奇最是诗仙迹，传颂而今遗韵歌。

大蒜批发市场赞

鲁南古邑生军起，黄土而今涌出金。
四海客商登宝地，中原白玉发佳音。
开盘时到成交快，隔岸相连驿络深。
辣味冲天飞世界，蒜都名震五洲吟。

◆ 王志静

赞金乡

古邑前冠华夏名，人杰齐物惠夷风。
英雄沃土埋忠骨，廉政初心继炽情。
圆润独香一品辣，硕盈特产五洲通。
脱贫奋斗开康路，鱼米之乡更富丰。

◆ 张延龙

参观王杰纪念馆有感

金乡地处运河滨，武就文成代有人。
王杰英雄传后世，当今武穆再生魂。

◆ 张维刚

鲁西战役纪念馆
羊山馆里载丰功，三战纠缠一战成。
多少英雄佳儿女，横尸流血为南征。

初识金乡
莱河月色作灯光，种蒜农民仍旧忙。
来览金乡新画卷，采风先咏辣中香。

参观鲁西南战役纪念馆（通韵）
硝烟战火鲁西南，壮烈牺牲过万千。
刘邓一声军令下，英雄挺进大别山。

远瞻羊山革命烈士塔
梨花三月润春风，来访羊山躹一躬。
火炬高擎颜色靓，皆由烈士血燃红。

王杰村感吟
寻访英雄王杰村，重温日记学精神。
当年多少豪情志，鼓舞征程逐梦人。

金乡两山吟
丘岭周遭超百座，金乡只有葛羊山。
两峰满是英雄色，恐觉昆仑也汗颜。

金乡历史名人两吟（通韵）
一、檀道济
将帅之才檀道济，三十六计是传奇。
古今借鉴谁家卷，查阅金乡史册知。

二、杨震
东汉名臣故事听，却金深夜不沾腥。
四知亭里清风在，亮节巍峨刻骨铭。

恋金乡
大蒜之乡急迫离，回眸雨里夜风吹。
羊山脊背青云塔，下次攀登再献诗。

赞诗友金乡莱河畔清晨拍照
晨曦一抹润莱河，多少诗情荡起波。
随唱本应听柳笛，桃花却已伴吟歌。

尾　音
四地风光各不同，天天感慨唱峥嵘。
一从回首诗人梦，千万情怀韵有声。

四地采风记怀（通韵）
莲花舍利佛牙塔，银杏泉林羊葛山。
受教谁家吟诵唱，心潮澎湃鲁西南。

◆ 王来宾

金乡大蒜（通韵）

土里千年埋隐名，偷闲只是看风声。
忽然盛世出伯乐，万户农民别墅城。

鸡黍之交三首（通韵）

一、一诺千金

相许分别后两年，登临府上拜尊全。
汝南郡里长途客，宾主滔滔话酒酣。

二、阴路候友

弥留尤恋太学间，守信如约见两年。
嗟叹吁吁呼旧友，黄泉路上叫停棺。

三、坟地送友

梦知好友去黄泉，白马素车追汝南。
千里迢迢无借口，只为张劭土中安。

金水湖（通韵）

千载金乡古，羊山故事多。
花香飞柳岸，碧玉起湖波。

瞻观王杰故里所思（新韵）

英雄自幼仰英雄，大志从一历练成。
取义岂能图苟且，辉煌一瞬亦传名。

羊山之仰（通韵）

肃敬英灵泣鬼神，丰碑矗立入青云。

三千将士流鲜血，换取鸿福佑后人。

金乡印象（通韵）

微风明月闲，远客九河边。

灯火斜平水，高楼直上天。

巡回银汉静，凝望万家安。

香溢桃源里，辛劳耕大田。

玉蝴蝶·金乡大蒜

绵柔醇厚千寻，思念到如今。辣味作甘霖，加餐委重任。　晶莹弯似月，馐美是知音。回味味长侵，味长思故心。

浣溪沙·金平湖畔

二月海棠迎面红，一湖四岸有人踪。悠闲都在画图中。　绿瘦常思初夏日，红肥都付仲春风。各人小令不相同。

菩萨蛮·羊山民俗漫步（通韵）

石墙老巷石头户，木门未锁轻轻步。庭院主人空，客人疑问中。孤山盛碧水，大蒜寰球贵。古树又春风，农田泛绿青。

◆ 刘业玲

拜谒王杰纪念馆

领袖题词警后人，英雄长在是精神。
村童应记乡邻面，雕著青春未染尘。

瞻鲁西南战役纪念馆题寄

羊山欲近步沉沉，厚土长眠壮士魂。
浴血当年凭吊处，三千松柏已成荫。

访葛山村头遇百岁老妪感怀

繁花引路到康庄，山陷传奇一段伤。
半壁葛湖沉日月，百年枣树释沧桑。
未悲岁里光阴短，且喜家中孝悌长。
老妪自称经十秩，村头依旧抚遗墙。

莱河赏月

四面笙歌萦耳畔，恰逢三五正春深。
一湖碧水星铺镜，扑面花香醉客心。

金乡行（新韵）

烟浮一路蒜苗青，河揽湾湖伴我行。
扑面梨花开似雪，夭桃隔岸漫天红。

采风归来路上寄怀

康庄烟火遍新楼,是处繁花惹客留。
风月溪泉笺上著,莲台涧水镜中收。
诗吟一路情难尽,酒别三杯意未酬。
若赁滩头田半亩,晨栽瓜豆晚垂钩。

临江仙·参观"天下大蒜第一村"崔口村感怀

家家小楼皆精致,桃花照水纷呈。界牌崔口震威声。拱桥通大道,无讼立方亭。　一派升平千年邑,羞提贫困曾经。翻新理念勇前行。如今蒜一粒,天下亦闻名。

◆ 马明德

辛丑春过金乡县羊山集

尸山碎骨说曾经,过此疑闻昔日腥。
畴野草青知血沃,黄花采束祭英灵。

印象金乡(通韵)

烟水河湖壑野间,韶春罨画胜瑶园。
蒜都实至获殊誉,送往五洲金自还。

参观鲁西南战役纪念馆有感(通韵)

物图助我识当年,炮火杀声撕裂山。
战略反攻成态势,初时节点鲁西南。

金乡李家大院

门窗斑驳石头墙，脚下夯基昔日房。

岑寂榆槐历冬夏，难言逝去旧辉煌。

参观金乡王杰纪念馆

翠柏苍松簇玉身，胸怀理念自精神。

导师橼笔题名句，激励熏陶几代人。

礼赞中国大蒜第一村崔口

名归第一村，实至靠精神。

贫困冕曾戴，丰余蒜作珍。

草房成别墅，黎庶领高薪。

堪谓拿云手，蛮荒变绿茵。

行香子·金乡山前胡庄纪游

嫩柳莺鸣，油菜花平。翠湖滨、蒲苇芽萌。先师名句，爱晚凉亭。正秧歌舞，老歌起，劲歌声。　　柴扉石屋，桐树闲庭。几翁媪、指树深情。不忘刘邓，善用神兵。那树根固，树身壮，树冠荣。

◆ 蒙建华

金乡音符

贡琛金谷盛名扬，胡蒜芳声赫远方。

孰说桑麻无韵律，音符奏出寿康乡。

游金济河奎星湖

金济悠游入画图，红熏绿染客心酥。
文峰古塔悬姿影，恍若仙公醉醴湖。

金平湖畔

驱车湖畔转芳菲，嫩绿新红相映晖。
媚景撩人争拍照，随它叶瘦与花肥。

题羊山

平川旷野凸羊山，何故誉扬奕世间。
刘邓大军鏖战捷，痛歼顽敌夺雄关。

参谒王杰纪念馆

闻知王杰正蒙童，五秩春秋慕骏雄。
此际瞻思诗有寄，丹心碧血亘长虹。

贺圣城诗词研修完美收官

圣城如月聚嘉宾，授业传经释道津。
墨雨润滋千树绿，诗花点缀万枝春。

咏金乡

千载缗城逸韵扬，文峰古塔秘珍藏。
英贤辈出江湖邈，绿野丰饶岁月香。
金谷有名驰御府，蒜乡无愧客遐方。
羊山战役垂青史，万福河滨绽炜煌。

金乡文峰塔

唐初宝塔峙千年，阅尽春秋识万缘。
文道为峰无旷古，融儒与佛更空前。
一源三教相依影，四德双犀并倚肩。
孔孟之乡皆圣迹，缗城俯拾有遗篇。

◆ 赵　志

谒金乡王杰纪念馆

何故飘飞三月雪？英雄事迹正吟哦。
当年一扑冲霄汉，留下千秋正气歌。

奎星湖

佳气东来雨复晴，遥天一色水波平。
奎星闪耀千秋韵，不是珠玑就是情。

水乡金乡

谁引清流到水乡，携来万福聚华堂。
九湖秀色花沾露，十里长街画有张。
波碧屏开西子影，水甜地育蒜芽香。
莫疑珠履三千客，尽醉桃源赋锦章。

西江月·金平湖有感

　　月下含羞浅笑，晨来遍布芳香，浣纱女在舞新妆。唤我金平亭上。　　忆得绕湖半圈，归来有梦千章，如今对影醉流觞。应是诗心渐放。

◆ 王传菊

谒金乡王杰纪念馆

一座丰碑绕梦牵，羊山脚下谒先贤。

心存大义为民死，遍地春花祭九泉。

金平湖有感

晨曦一缕柳含烟，时有清香醉诸贤。

应是金平湖景好，铺开霞彩水云间。

金水湖泛舟

金水风来雨复晴，堤边烟柳认缗城。

一篙撑入花深处，撞出诗心韵有声。

鹧鸪天·题奎星湖

春柳纤纤曳绿漪，清风拂面醉千枝。嫩荷最是初开日，娇艳犹看未放时。　林静处，燕莺迷，文峰塔下忘归迟。奎星点亮花前客，莫怪殷勤为赋诗。

◆ 朱振东

清明念王杰（新韵）

年少志坚边岗立，舍身扑就染戎魂。

九州儿女歌如雨，花在金乡战士村。

第二辑　征稿诗词作品

◆ 刘双保

庚子春晓（新韵）

开窗欣夜雨，绿野满和风。

忽掩向花面，莺声似哨声。

初秋登金山观阁（新韵）

老眼随山翠，清风未染香。

遥阶通画栋，小锁横尘窗。

阔柱书秋影，空堂避晓光。

青莲不知处，黄鹤更苍茫。

庚子二月二看电视新闻（新韵）

轻雷猜夜雨，晓柳带清寒。

有意尝酥豆，无心忆旧年。

新冠封野径，老眼愧春山。

茧耳时闻警，邻韩欲破千。

己亥观国庆阅兵（新韵）

江山十万里，华夏五千年。

盛世何须数，平生岂可瞻。

韬光多少泪，养晦苦辛关。

七秩磨一剑，扬眉不问寒。

黄鹂（新韵）

春来展翅鸣，雪落又失声。

惯隐深山者，何曾晓世风？

偶翻同学赠书有感（新韵）

重读墨尚香，风雨泛笺黄。

不晓三年短，才知六月长。

心情犹似旧，鬓发已如霜。

燕子忽然语，斜阳漫过窗。

庚子夜雨春晓（新韵）

夜雨潇潇入梦来，还觉晓柳叩窗台。

急询春色包邮价，可与火神山上栽？

闻日本因釜山慰安妇铜像召回大使（新韵）

春风野火七十烬，多少青颜化土丘。

狼寇至今无悔语，皆因利剑未悬头！

新冠疫情家居有作（新韵）

窗外春光已九分，人间处处战瘟神。
中华自是多磨难，无碍长城万古存。

观杏（新韵）

老枝嫩叶绿难匀，青果迎风隐欲深。
不要人夸颜色好，繁花落尽更知春。

金乡赋

　　泱泱华夏，煌煌齐鲁。有地一区，灵秀所钟。凿石得金，志其名也；诚信为金，树其人也；大蒜生金，利其民也；史曰金乡，纪其实也。

　　天地玄黄兮万古洪荒，济泗交汇兮先民衍昌。伏羲画卦兮文明曙光，大禹治水兮九州分疆。居大野之畔兮其钓维缗，积黄河之土兮其殖有桑。夏有遗脉兮杜康酿酒，有缗抗桀兮三星之光。

　　日月灼灼，是为文脉。童稚在门兮蔡邕倒屣，驴鸣于野兮曹丕临丧。后生可畏兮玄风犹劲，东床坦腹兮郗庭墨香。前贤若是，何以踵芳？太白踯躅兮诗赋增辉，无咎卜居兮堪比陶翁。肇始唐宋兮兴于明清，河南之冠兮金山儒宫。囊锥颖脱兮柱国砥砺，嚶鸣山阳兮宝塔摩空。

　　众山巍巍，是为武魂。处群山之阳，藏风聚气；扼亢父之险，锁徐关充。镇之重者，何大于此？曹公挥鞭而破黄巾，魏兴之兆也；于公行险以取金乡，隋兴之机也。战之要者，何大于此？彭公挠楚，终成垓下之围；檀公神算，竟至唱筹量沙。将之谋者，何大于此？

　　金石铮铮，是为诚信。吾乡之民素有古风，其源远矣。范式有鸡黍之信，有拜母之礼，有营葬之仁，有送丧之义，有举荐之智，五常全也；杨震幕夜却金，不欺天，不瞒神，不愚人，不昧己，四知备矣。千年以降,官吾土者清,仕他乡者廉,何也?淮橘为枳尔。

绾虽旧邦,其命维新。往事千秋越,一鸣百废兴。绘宏图以谱新篇,九湖星列,五河环绕,水清且涟;摧旧域以开新境,高楼如笋,绿树成荫,风和且畅。把酒临风,欣然为歌:

红日将山,瑞霞灿灿。水秀山青,殷殷如染。

允文允武,载经载典。红日既出,祥光灿灿。

云涌风激,蒸蒸如幻。鹏举龙襄,天高海瀚。

注:在金乡县"王杰故里·诚信金乡"诗词创作征稿中获得一等奖。

◆ 吴志亮

诚信金乡赋

鸡黍之约,言以九鼎;诚信之城,诺而千金。何蒜都之堪乐,如水乡之可珍。岂惟凿石得金,以诚而训;实亦作郡却金,以信则闻。是以诚信之渊薮足尚,精神之高地堪钦。日月得以感化,山川得以归心。

是知事废由之无诚,业兴因其有信。曾子杀猪,幽王搏笑,得失牵乎一人;太宗释囚,袁绍生疑,成败系乎一瞬。惟有信诚,乃成休运。故而"二贤祠"也,岂千秋以共仰,范式规箴;"范张林"也,实万载之所慕,张勋泽胤。"无脊庙"也,诚大化之何称,照以肝胆;"九道沟"也,信金石之所开,感乎尧舜。故诸子染翰,摛锦乎诚信之仁矜;百家挥毫,纵意于信诚之德峻。李白课诗,鸡黍兴乎唐风;苏轼抒词,金乡广于宋韵。

沿乎经典,泽彼后生。惟诺而重,是奉是崇。固知设绳墨而有矩,赊销以信;立方圆而有程,预买乃诚。三击掌兮,铿尔德之堪颂;摔瓦片兮,锵然勋之可名。懿其诚忠共丽,信义和声。胡汝桂创其义仓,如日月之无私,淋以甘露;郭东藩开其义学,恰天地之有恒,畅以惠风。观其义也,固如南山之寿;察其责也,当似曜日之升。王弼诵经传佛,迈德八纮，其功不伐；叔和悬壶济世，垂化九野，惟民而听。更嘉其勇担之辈初显，胆当之伦相仍。杨春一赈，挽饥民于将逝，岂可比并；王杰一推，置己身乎已危，大莫与京。凡此种种，含章挺英。斯则承古今之特禀，应金乡之美名。

逮及今朝，其长何扬？仰清光以立诚，鼎信天下；庶诚信之有托，鼓誉神乡。从娃娃抓起，植根而出，思想之基不恙；自体系入手，曜颖以明，道德之树正芳。机制、制度、平台，铿铿其有章有法，屏而有障；政务、商务、社会，祁祁兮有枝有叶，网而无荒。企业遵律，腾诚道之丽象；公民守则，耀信节之雄光。红黑名单，岂能有约而爽；奖惩规章，但可有信而王。产品质量，宜有心有意，朝警而夕惕；中介组织，当不偏不倚，左助而右帮。于以表寿乡之美，于以示蒜都之强。所以信则通于九海，诚则达乎八江。

若夫诚信不竭，力量难枯。嘉其童叟无欺，鸿业兴于笃信；经贸有竞，盛产载于交孚。是以"五文明"齐盛，但见灿灿之休祐；"三金乡"等美，故当辉辉之乐图。玉蒜芃芃其野，百姓悦矣；金谷郁郁其畴，黎民欢乎。商贸园区，簇团而品遥布；物流大县，寓目而心必舒。"四平调"兮，艺海进珠，和革木之乐只；"戏窝子"兮，曲山连碧，应匏土之豁如。生态水城，远看疑其尔室；湿地景区，近观确之吾庐。茂绩崇崇，倘无诚信之贵土；殊勋赫赫，岂有奕世之鸿福。

伊昔鸡黍，虽云偶成乎天；今夫金乡，可谓必胜在地。既尔总其宜，觅其秘。惟诚也，方英声于千年；惟信也，亦茂实乎万纪。则知诚信之约，当以金乡而为比也。

注：在金乡县"王杰故里·诚信金乡"诗词创作征稿中获得一等奖。

◆ 张立芳

金乡大蒜

惠政铺开清气漫，新苗破土抖微寒。

绿裁锦绣千家梦，辣涨人生一味欢。

别样春秋分入股，同根兄弟抱成团。

脱贫故事凭谁说，如意还从金蒜盘。

注：在金乡县"王杰故里·诚信金乡"诗词创作征稿中获得一等奖。

◆ 李宏允

醉翁操·金乡魁星湖

回廊，垂杨，晴光。舞霓裳，红妆，文渊阁前音悠扬。雅园兰蕙花香，蜂蝶忙。白鹭绕湖翔，小楫停泊芦岸旁。　　曲桥水榭，交颈鸳鸯。拥云宝塔，波吻魁楼护墙。仙鹤松筠家乡，古邑缗城山阳。鸿儒多锦章，芸窗书声琅。锦瑟奏宫商，妙音清曲余韵长。

注：在金乡县"王杰故里·诚信金乡"诗词创作征稿中获得二等奖。

剜荠菜

鹅黄柳尖绽，碧野沐晴晖。

姑嫂觅田垅，笑携春色归。

春到农家

桃蕊篱边绽，东风绿柳斜。

门啼蓝翅鹊，树绕黑衣鸦。

扛耒迎朝旭，牵牛伴彩霞。

南坡肥沃地，今岁种西瓜。

乡村秋韵

乡野风光似画屏，谷黄棉白秀禾青。

蝉鸣鸟唱苍桐树，花绽香飘翠竹庭。

村舍参差烟袅袅，小溪弯曲水泠泠。

牧羊滩地归来晚，寥落东天几颗星。

冬　韵

眸倾雪絮漫山岗，疑似凌霄梨蕊扬。

路滑人稀飞鸟绝，心期只待腊梅香。

冬雪感赋

吟行塞北雪花飘，野陌山峦素玉娇。

放眼无尘天地阔，情怀一缕醉逍遥。

初冬望江南

巾纱舞动上亭台，倩女枫林映玉腮。

遥望江南闲客醉，流光画意赋诗来。

步月·岁杪寄赠孙云芳老师

岁月匆匆，旧年将尽。朔风早送梅信。昔初晤面，故里山阳郡。静翁舍、诵赋咏诗，沧桑历、皱颜霜鬓。新词就、奇句锦章，古缙才俊。星湖吟雅韵。鸥鹭舞晴空，波影烟隐。霭萦宝塔，石亭奎楼近。画廊上、敲句同吟，碧湖畔、拂碑相认。当年事，犹似白驹一瞬。

夜半乐·晨步湖滨

恹行碧水湖畔，迎风伴柳，枝上闻啼鸟。见翠袖红巾，玉容年少。彩裙荡起，欢欣舞蹈。近看神爽眉舒，素颜娇好。走渐远、香尘影踪杳。笛鸣苇浦水榭，正借清风，玉音缭绕。杨柳岸、渔翁持竿垂钓，嫩荷花绽，游鳞戏水，小舟缆系亭边，几多昏晓。欲询问、何时去蓬岛？久慕仙境，欲赴瀛洲，惜乎年老。倚岸柳、长嗟看红蓼。返归途、逢友却说餐时早。芦苇畔，布网三姑嫂，踩平滩上青青草。

江月晃重山·游金平湖

花朵稠遮曲径，暖风轻拂亭栏。树桠黄鸟唱晴川，从容过，芳影响钗环。绿柳红桃岸芷，清波苍鹭渔船。和鸥曾约会沙滩，凝眸望，浩淼尽寒烟。

虞美人·游星湖

依依翠柳荷香路，萍绿湖亭处。奎星楼下小舟游，俏语轻歌桥卧水悠悠。文峰塔影霞晖晚，横笛箫声远。文渊阁畔佩环风，情侣双双相拥绿丛中。

少年游·咏涞河

昔年涞水，荒滩枯苇，蛙鼓伴清流。如今又到，长堤柳岸，好景把人留。自古朝烟氤氲处，拔地起重楼。楼映涟漪波光影，阳台畔，舞沙鸥。

少年游·游星湖步孙云芳女士韵

寻幽步过曲桥头，欲棹水边舟。艄公不在，湖风又起，久叹误原猷。巍巍宝塔惊飞鸟，云绕矗平畴。翰墨香飘，文渊古阁，轻浪吻魁楼。

春游东鱼河（古风）

涣涣清流泛碧波，烟笼杨柳傍长河。

野凫逐戏汀边藻，褐鹬啄寻泥内螺。

垂钓蓑翁踞蓑衽，棹舟渔父唱渔歌。

行吟泽畔怀屈子，此水绵绵通汨罗。

◆ 卢旭逢

金乡赞歌

志继英雄意气昂，齐心逐梦有担当。

绿蔬含露分春色，金谷披霞炫日光。

车入蒜都商海涌，城开画卷雅风扬。

登临极目文峰塔，欲唤诗仙共举觞。

注：在金乡县"王杰故里·诚信金乡"诗词创作征稿中获得二等奖。

◆ 张凯敏

夜登魁星楼

盛夏夜无眠，寻风觅阁前。

青荷消暑气，曲水送凉天。

光耀星河转，墨遗人事迁。

情随石阶上，一步一思贤。

注：在金乡县"王杰故里·诚信金乡"诗词创作征稿中获得二等奖。

金山公园

闲情空向晚，摇扇入园深。

步影悠然唱，临风自在吟。

浅桥通曲径，叠水涌高林。

忘欲随明月，清光照本心。

文峰塔

空念前朝寺，文峰傲古今。

环波横绝影，凌宇绕飞禽。

仰思心头语，聆听梵外音。

便风蹬高日，危坐拂衣襟。

贺文峰桥五月通车

笔墨犹怜五月题，一桥飞渡贯东西。

鳞波光影浮明镜，玉柱金狮卧彩霓。

两岸花香迎客远，四围柳色醉人迷。

倚栏极目深情处，数点黄莺近水啼。

鹊桥仙·金乡新城

隔桥影卧，碧波沙远，浅草石幽处处。浮光掠影入帆无，想来是，惊涛野鹭。绿阴亭外，花深柳下，老幼垂纶无数。快哉日暮畅萦怀，极目处，落霞飞渡。

扬州慢·心系家乡

岱岳之阳，水城江北，誉荣诚信之邦。看江河环绕，绿树渡帆扬。览胜地，湖湾点缀，珠连碧水，上下天光。冠神州，宝塔摩空，青史流芳。羁泊千里，系乡关，万缕情长。夜半更难眠，挥毫轻叹，一曲柔肠。月满三更衣透，登楼望，烟水茫茫。对影心扉扣，余年何处为乡？　　伟业震方东，浩宇星空。巡天遥看气如虹。载我泱泱华夏梦，映日霞红。哪个敢争雄，试问天公。乘风破浪展飞鸿。天下举杯同日贺，如沐春风。

好事近·寄钟老

疠疫乱人间，四面萧条弥漫。自古英雄无数，看请缨谁战。　　钟翁不改青云志，白首争一线。誓把病魔尽斩，浩气冲霄汉。

水调歌头·贺建党一百周年（新韵）

万星争寰宇，最亮在东方。泱泱华夏，上下齐力铸辉煌。北斗连接天地，桥架碧波港澳，航母远飞洋。知识改国运，科技定边疆。　　反腐败，除黑恶，暖心房。一带一路，携手世界共安康。百业蒸蒸日上，万户节节富裕，福利惠城乡。共筑中国梦，盛世普华章。

沁园春·贺建党一百周年

华夏泱泱，风云变幻，龙腾东方。想吾先尧舜，圣贤仁德，唐宗宋祖，拓土开疆。美帝倭奴，跳梁匪寇，可笑区区侵汉邦。同携手，举全民上下，一战为王。　　几经风雨沧桑，磨不灭，民心斗志昂。看飞船探月，蛟龙入海，惩贪清腐，鼎秩朝纲。浩气凌然，宏图大展，四海归心谱乐章。中华梦，更初心不改，青史流芳。

◆ 张　鹏

金乡印象

人道江南好，吾欣此地殊。

攀山无峻岭，亲水有平湖。

谷溢黄金梦，鱼吹锦绣图。

真真天赐与，齐鲁一明珠。

注：在金乡县"王杰故里·诚信金乡"诗词创作征稿中获得二等奖。

◆ 金　旺

闻山东金乡大蒜六百吨捐至湖北疫区

天生一副辣心肠，真蒜从来不用装。

未必许身凭彩礼，动情也可嫁他乡。

注：在金乡县"王杰故里·诚信金乡"诗词创作征稿中获得二等奖。

◆ 张新荣

怀念王杰

领袖题词五十秋，读来如水洗明眸。

丰碑刻在人心里，正与时光一起流。

注：在金乡县"王杰故里·诚信金乡"诗词创作征稿中获得三等奖。

◆ 孙思华

鹧鸪天·金乡大蒜（新韵）

刘秀发兵过爱戚，遗风入梦化传奇。泱泱万顷大橡笔，横看长诗竖念词。　蒜都靓，水乡霓，空中地上奔东西。每餐必纳银盘里，敢与琼浆比话题。

注：在金乡县"王杰故里·诚信金乡"诗词创作征稿获奖作品征文活动中获得三等奖。

◆ 杨秋艳

太白湖有望（新韵）

湖波澹澹远接天，荷叶田田袅碧烟。

借问仙魂何处去？青山隐隐路八千。

注：在金乡县"王杰故里·诚信金乡"诗词创作征稿中获得三等奖。

金济河之春

漾漾春波短苇芽，斜斜丝柳钓云葩。

天君潜落无声雨，润就双堤十里花。

烟雨金济河

初夏新荷一水丛，苇高始隐钓鱼翁。

双堤翠墨含烟雨，曲径榴燃灼灼红。

金平湖（新韵）

雨霁金平曲水清，无尘丝柳钓轻盈。

碧荷寂寂含霜老，玉苇芊芊白首翁。

离思（新韵）

红笺小字近黄昏，帘外新霜雁有闻。
嚓呖分明空唤我，肯将思念带于君。

秋　望

枫红翠岫柳眉黄，水绿琼池映碧苍。
五彩丹青谁画就？西风一夜落银霜。

晚　钓

黛山隐隐倚歌楼，星月霓虹一水收。
蒲下青蛙惊宿鸟，玉矶锦线钓清幽。

渔歌子

烟柳云溪下翠微，海棠含水弄春晖。
莺啭语，燕衔泥。舴舟梦影醉清漪。

◆ 管恩锋

鹧鸪天·王杰

鱼米金乡塑俊雄，舍生忘死做先锋。含情父老恨无语，带泪娘亲爱未终。　　思不尽，意难穷。青春岁月太匆匆。碧波荡漾芦葭绿，何日归乡再建功。

注：在金乡县"王杰故里·诚信金乡"诗词创作征稿中获得三等奖。

◆ 李红梅

文峰塔夕照

平湖落照泛金波，古塔悠悠孤寂多。
细柳婆娑摇暗影。谁人又懂旧时歌？

注：在金乡县"王杰故里·诚信金乡"诗词创作征稿中获得三等奖。

送　友

岸柳含烟钓影长，微风过处动荷香。
回头却见扁舟远，雁字回时秋又凉。

残　荷

枯叶凝霜染暮秋，残姿瘦骨自风流。
一杆清韵香犹在，褪尽红衣心亦留。

清平乐·花样滑冰

冬奥春至，赛场逢佳瑞，恰是天仙飘然坠，携手舞牵衣袂。　　双燕翩若惊鸿，流风回雪从容，不负初心夺冠，谁记苦练三冬。

浣溪沙·初雪

独倚西楼瑟瑟风，星空望断月朦胧。清辉斜照小梅红。　　一霎飘然窗外碎，几番缱绻梦中逢，空庭落影又匆匆。

浣溪沙·无题

闲弄筝弦绕指柔，萧萧黄叶染清秋。梧桐细雨怕登楼。　　落尽繁华心亦在，流空岁月梦难休。冰心一片问谁收。

少年游·心亦若清秋

光阴揉碎梦悠悠，诗作赋闲愁，风卷残云，花飞作雪，春水向东流。而今岁月霜染鬓，心亦若清秋，花开花落，风烟过往，任尔去休休。

◆ 马建军

王杰故里诚信金乡颂

金乡鸡黍二贤约，一诺千年日月歌。

王杰故园红土地，为民造福壮山河。

注：在金乡县"王杰故里·诚信金乡"诗词创作征稿中获得三等奖。

◆ 张冠军

怀念王杰（新韵）

走进金乡秋意浓，手持花束忆英雄。

助人从不留名姓，排险曾经忘死生。

词典搜寻无苦字，家山牵挂动真情。

丰碑立在民心里，事迹依稀血染红。

注：在金乡县"王杰故里·诚信金乡"诗词创作征稿中获得二等奖。

◆ 邢建新

金 乡

西南嵌璧珠，宝地见河湖。

玉带城中绕，高楼岸上浮。

长堤花木好，翠柳燕莺舒。

人合金乡老，风光入画图。

注：在金乡县"王杰故里·诚信金乡"诗词创作征稿中获得二等奖。

金乡春行

吊罢文峰塔，来瞻烈士陵。

河湖堤岸秀，蒜麦野田青。

路远云间没，车轻画里行。

但看风景好，随处惹人停。

金平湖早春

日迟阳气侵，湖畔柳梅春。

老干泼青黛，枯枝抹绿痕。

水平浮丽鸟，空阔荡轻云。

清景诗家爱，开元万物新。

金平湖春行

白鹅浮水碧波平，湖岸依依杨柳青。

油菜花开十里画，桃红万朵舞春风。

题山阳古都

高楼险阁入云端，草木幽幽笼绿烟。

重整家园成大美，还疑天境落人间。

◆ 姜　超

临江仙·听《碧海潮生曲》有怀

本是青林岩上客，年来销尽狂名。曾骑赤鲤赴蓬瀛。一杯能钓海，追月碧潮生。　　偶入朱门逢冠冕，嵯峨四座高英。留云空使鹤心惊。暮天春恨重，残夜冷如冰。

注：在金乡县"王杰故里·诚信金乡"诗词创作征稿中获得三等奖。

◆ 安殿轩

沁园春·金乡县（新韵）

圣域金乡，中外驰名，大蒜名乡。览山阳大地，田园锦绣；千年城镇，林立楼房。国道福河，车船来往，蒜品辣椒运载忙。观田野，展宏图远景，靓丽辉煌。　　山清水秀物藏，举特产名优多蒜乡。喜飘香金谷，绵甜山药；麻糖糕点，烧饼羊汤。金贵琼浆，梨瓜芹菜，蔬果杂粮走四方。看发展，欲安居乐业，首选金乡。

注：在金乡县"王杰故里·诚信金乡"诗词创作征稿中获得三等奖。

羊山运河吟

碧绿狭长如玉带，南堤北岸柳杨栽。

荫凉众客垂纶钓，鲫鲤频从水上来。

咏兴湖公园垂柳

婆娑仙立岸堤边，翠绿丝绦戏水玩。

招手送迎观赏客，临风抱瑟抚长弦。

金乡新貌（新韵）

党筹伟业中华泰，民步康庄万众欢。
古邑田园添靓景，缗城旧貌换新颜。

歌颂建党一百周年（新韵）

建党喜迎一百年，蒜乡万众笑开颜。
率先奔上康庄道，黎庶生活比蜜甜。

咏金乡（新韵）

英雄梓里黎民乐，街道田园处处春。
植绿裁红铺锦绣，流香溢彩沐清新。
华灯点亮城乡路，鸟语吟欢同梦人。
信步社区舒望眼，翁歌媪舞美传神。

金乡金水湖湿地公园（新韵）

湖光潋滟绿茵镶，碧水游船雅韵扬。
雀鹂翻飞莺燕舞，鹅鸭嬉戏鲤鲢猖。
繁花簇锦迎骚客，玉树成行染画廊。
霞蔚云蒸臻胜地，景观旖旎醉心房。

咏羊山王杰纪念园荷池（新韵）

翠绿粉红一碧池，花间锦鲤暗吟诗。
奇葩风采陶人醉，玉蕊鲜明诱客痴。
摇影流清英烈气，出泥拒染圣贤姿。
不争春色扬殊艳，质雅冰魂节永直。

喇叭花（新韵）

直奔高杆并未休，仙姿摇曳竞风流。

临风呐喊声音亮，攀柱升天倩影柔。

朝旭绽开香袅袅，晚霞静养乐悠悠。

虽无芳艳惊春色，开在空中尚自由。

咏野草（新韵）

非喜红妆爱绿袍，青青河畔乐逍遥。

阳春无与花争艳，炎夏焉和树比高。

日晒风吹何所惧，羊侵牛踏未曾凋。

频经野火磨心志，诗意一身不寂寥。

◆ 王　彧

走进金乡

缗邑钟灵秀，儒家道德工。

一言鸡黍约，千载结交风。

报国思王杰，舍身为俊雄。

喜看桑梓地，春色满芳丛。

注：在金乡县"王杰故里·诚信金乡"诗词创作征稿中获得三等奖。

◆ 李艳丽

金乡新貌三首之一（新韵）

红花吐蕊妆街巷，碧树参天掩住房。

创造辉煌齐动手，金乡处处易新装。

注：在金乡县"王杰故里·诚信金乡"诗词创作征稿中获得三等奖。

思乡（新韵）

客路青山外，花开小径旁。

桃红初见蕊，柳绿始梳妆。

夜静孤灯暗，更深细雨长。

盏频人易醉，梦里可归乡？

雨后春容（新韵）

空山新雨后，四野晓风初。

娇蕊垂香露，琼枝挂玉珠。

遥听泉水落，静看野云浮。

春好一年富，人间万事舒。

念故人（新韵）

杯中吟岁月，纸上画黄昏。

故地今犹在，空余煮酒人。

乡愁（新韵）

风摇千树瘦，雨落满城昏。

雁影时时远，乡愁处处深。

春望（新韵）

春山多胜事，桃李正芳菲。

紫燕枝头舞，黄莺柳隙飞。

千山闻鸟语，万里沐朝晖。

此景应常在，韶华几度回？

金乡新貌之二（新韵）

桃粉梨清油菜黄，蝶飞雀闹燕归堂。

春风吹皱九湖水，细雨刷新诚信乡。

金乡新貌之三（古风）

花香树绿风光好，路畅楼高政策新。

金乡百姓齐行动，共建文明生态城。

◆ 史月华

访羊山有感（新韵）

羊山洗礼祭英雄，红色基因薪火承。

兵器无声藏血泪，硝烟远逝谢恩情。

清风浩气萦寰宇，旭日祥光耀碧穹。

诚信金乡书锦绣，蒜都盛誉满缗城。

注：在金乡县"王杰故里·诚信金乡"诗词创作征稿中获得三等奖。

◆ 任彬彬

夏雨过村（新韵）

绿蔓扶篱柳色新，清疏小雨浥轻尘。

人间自有千般景，早有天公画浅深。

注：在金乡县"王杰故里·诚信金乡"诗词创作征稿中获得三等奖。

秋钓金鱼湖

风静寒塘暮，芦花似旧年。

悠悠斜照里，宛坐一尊禅。

春　回

燕归入旧檐，风过柳杨弯。

着意描春色，山明画黛颜。

春游金平湖

一缕东风浩荡春，花开陌上染流云。

此间若赋陶翁句，十万芬芳着我裙。

春游金水湖

漾漾晴波过野穹，花飞草长一丛丛。

谁人裙袂飘飘舞，欲起春心嫁暖风。

乡村四月（二首）

其一

多情青帝又回眸，乍泄春光花事稠。

今日闲行到乡野，重看新叶汇芳洲。

其二

桐花开遍菜花稀，燕子啼时麦秀齐。

四月春光闲不住，鹃声云影入清溪。

山中秋夜

红叶山中铺满路，青霜道外染成秋。

老僧汲水溪边看，小月林梢正似钩。

初 秋

尽道秋天好，风轻暑热消。

流云飞户牖，朗月照河桥。

物我俱相忘，穷通亦自招。

吾心今夜醉，此景胜春宵。

春归故里

小径花枝满，人间万里晖。

深山来远客，轻叩小柴扉。

相约采薇去，齐随倦鸟归。

夕阳歌一曲，坐忘世之非。

金乡羊山曹操点兵台

秋来春叹止，霞落水增辉。

草引轻风处，云邀老骥归。

汉王无大略，孟德有神威。

历史多流没，山川永不违。

◆ 辛中发

垂钓两首（其一）

柳拂清波水映天，清风蛙鼓弄和弦。

蜻蜓亦是采花盗，怀抱荷香上钓竿。

注：在金乡县"王杰故里·诚信金乡"诗词创作征稿中获得三等奖。

公祭日

鸣笛声声随逝波,国仇家恨半消磨。
南京三十万枯骨,魂与江涛呜咽多。

冬至日

长夜漫漫含泪捱,春天消息隔沉霾。
今将九九重头数,直到君边桃李开。

老办公桌

想见从前旧主人,埋头伏案度秋春。
不知现在身何处,大抵尘间一样贫。

小儿将毕业有寄

年少难知世事艰,象牙塔外数重关。
愿尔关关都过了,犹存正直在心间。

山 居

山中木叶落纷纷,泉水叮咚依约闻。
醉卧松阴谁是伴,清风野鹤与闲云。

用"日暮客愁新"为韵,拟乡愁一组

其一

辞亲已有年,鬓畔西风疾。
几度怔凝眸,苍山悬落日。

其二

山水何迢迢，归期今复误。

莼鲈万里思，况值年将暮。

其三

行迹似浮云，都为生活迫。

可怜塞北人，今作江南客。

其四

看看年欲尽，每饮必扶头。

却怨千盅酒，难消万里愁。

其五

老父忽微信，欣然点视频。

为言故园处，景物一番新。

◆ 张德民

金乡颂

悠悠古邑夏缯长，天宝物华美誉扬。

贡米竹青称四大，辛香白蒜五洲尝。

注：在金乡县"王杰故里·诚信金乡"诗词创作征稿中获得三等奖。

◆ 周秋香

浪淘沙·思乡

南向望家山，孤寂伶单。十年羁旅老苍颜。梦里童年欢乐趣，一夜贪欢。　　偶有探亲间，景异争妍，誉荣诚信慰心田，料想经年终有日，久伴家园。

注：在金乡县"王杰故里·诚信金乡"诗词创作征稿中获得三等奖。

清平乐·思乡（新韵）

春去何处？且望东君住。暂借一丝托思咐，杜宇声声日暮。　　老去残酒阑珊，迷途辗转三千。萦梦故园深处，飞花愁海无边。

水调歌头·中秋（新韵）

今宵寄何处？玉兔跃东山。清光一色，上下歌舞起人间。纵望东门西户，老幼天伦斟满，美酒映欢颜。多少宴前语，都付醉中谈。　　良辰景，霓虹舞，美婵娟。举杯邀月，共与碧海照无眠。不道漂泊四海，莫述无缘离散，千里锁云端。此夜年年有，天下共团圆。

◆ 杨先进

百年党庆礼赞

羊山圣杰紫祥呈，诚信金乡气景明。

万亩蒜香圆富梦，百年党庆启新程。

注：在金乡县"王杰故里·诚信金乡"诗词创作征稿中获得三等奖。

◆ 张化纪

建党百年赋

嘉兴南湖，红船百年；不忘初心，牢记使命，砥砺前行谱新篇；开天辟地，乾坤扭转，定格一九二一年。血雨腥风，愈挫弥坚，推倒三座大山。昔日国将不国，军阀混战；硝烟弥漫，生灵涂炭。四分五裂，列强侵占；十月炮响，马列支援，中国革命，启航扬帆。上海一大，毕至群贤；安邦定国，明灯一盏；粉身碎骨浑不怕，拯救万民任在肩。

东征北伐，奇功屡建；南昌枪响，武装亮剑；井冈山上，红旗漫卷；朱毛红军，令敌人闻风丧胆。锤镰携手，星火燎原；政治建军，三湾改编；

从严治党，支部在连；四反围剿，粉碎阴谋凯歌旋。万里长征，动地感天；战略转移，二万五千；冲出重围，湘江血染；曲折迂回，九死一生勇向前；四渡赤水，命悬一线；强度乌江，突破天堑；主席领航，力挽狂澜；草地雪山，乌蒙磅礴走泥丸。抗日烽火，神州遍燃；长城内外，党旗招展；宝塔山下，巨制鸿篇；窑洞油灯，运筹帷幄夜不眠；延河之水，浩气绵延；延安整风，文艺座谈；中共七大，思想标杆；自给自足，发展生产；三五九旅，开荒种田，南泥湾里说丰年。抗击日寇，一十四年；驱除鞑掳，全民参战；国共合作，携手并肩；美好蓝图，光明前景在面前。

政治协商，重庆谈判；中正不正，外强中干；出尔反尔，失信食言，嚣张跋扈惹民怨。三大战役，气吞河山；剩勇穷寇，横扫席卷；蒋家王朝，日薄西山；反动集团，溃不成军遁台湾。全民欢庆，开国大典；天安门前，人海人山；主席挥手，伟大航船；气冲斗牛，换了人间；谁主浮沉，沧桑巨变，社会主义终梦圆。

土改剿匪，国泰民安；革除积弊，覆地翻天；抗美援朝，保卫家园；全民同心，发奋苦干；一穷二白，渐行渐远，战天斗地移大山。居安思危，不敢忘战；自力更生，埋头苦干；创造奇迹，一星两弹；打破封锁，扬眉吐气，全国人民尽欢颜。

一九七八，开启新篇；拨乱反正，昭雪冤案；改革开放，滚滚云烟；走向世界，宏图大展，敢叫日月换新天。特区崛起，深圳春天；邓公南巡，运筹百年；浦东雄起，明珠耀眼；澳门香港，游子终返；祖国母亲，期待统一大团圆。

汶川地震，天塌地陷；军民勠力，直面灾难；党群一心，重建家园；北京奥运，美轮美奂；中华民族，美德彰显；世界舞台，华夏儿女雄姿展。

三个代表，科学发展；自强不息，薪火相传；继往开来，领航掌帆；精准扶贫，布局全面；绿水青山，金山银山；生态环境，日日向好大改观。神舟揽月，三步实现；月极取壤，世人艳羡；天宫一号，火星探险；

安全稳妥，力争圆满；奋斗入海，完成海沟深潜。

北斗织网，中国天眼；高铁如飞，量子电算；航母启航，万物互联；华为5G，全球领先；只争朝夕，不负韶华，勇当科技领头雁。四个自信，六个全面；文化优秀，信仰恒坚；民族复兴，铭记心间；风雨同舟，共谋发展，炎黄子孙心相连。

全球治理，智慧彰显；一带一路，共享共建；命运一体，彼此相连；合力打造，和谐美满，休戚与共大家园。华夏文明，五千余年；经史子集，先哲圣贤；时逢盛世，建党百年；述往思来，感慨万端心潮翻。

共产党人，百岁华诞；由小变大，信念为天；由弱变强，创新求变；民族舵手，国家标杆；信仰旗帜，文明风帆；人民至上，服务为先，草成拙作以纪念。

注：在金乡县"王杰故里·诚信金乡"诗词创作征稿中获得三等奖。

◆ 孙云芳

少年游·冬日闲咏

香花随雪杏无踪，依旧见青松。层峦光目，疏林流影，银色远朦胧。倾情总觉秋归早，何必怨寒冬。人世炎凉，岁华朝暮，犹自盼春风。

鹧鸪天·游金平湖

百顷平湖漫笼烟，微风荷动玉珠旋。桥头赏景游人醉，矶畔垂竿锦鲤鲜。　　楼倒影，友挨肩，长堤花艳蝶翩翩。轻舟载客穿梭过，便引诗情上碧天。

鹧鸪天·金乡新貌

放眼城乡创建中,新姿古韵趁东风。高楼隐隐云烟渺,古巷悠悠水石融。　　坚信念,寄初衷,千家绮梦稻粱丰。蓝天碧柳如仙境,一任诗情画意浓。

鹧鸪天·悼英雄王杰

一瞬烟尘漫碧穹,冲天浩气贯长虹。苍松翠柏森森树,冷雨寒江飒飒风。　　情切切,意融融,举杯洒泪慰英雄。救人舍己惊寰宇,名载千秋青史中。

临江仙·大美金乡

自古人文风物,黄淮腹地名城,千秋岁月尽精英。九湖呈异彩,宝塔矗云空。　　盛世频频新页,鲲鹏举翼天惊。高楼栉比路纵横。商家来四海,诚信倍多情。

念奴娇·赞金乡

中原古邑,昔兵家要地。客旅商贾,云集往来天壮阔,贤圣楷模曾住。志士名人,群星璀璨,多少豪篇谱。英雄故里,凤凰来此无数。　　今日盛世春风,前程似锦,百姓欢歌舞。大蒜粮棉销海外,排排高楼新户。阡陌交通,鲲鹏展翼,一举长空俯。风光如画,诗仙能否来睹?

秋波媚·金乡公园

园里星湖漾微波,楼阁矗巍峨。斜阳古塔,曲桥虹彩,游客如梭。岸边垂柳天边月,倒影舞婆娑。华灯辉映,合欢树下,情侣低歌。

◆ 周光远

蒜乡赞（通韵）

大蒜之乡梦变真，宜居宝地蕴文深。
银河环绕风光好，湿地相连景色新。
碧水蓝天都向往，金山绿地醉迷人。
缤纷胜景难描绘，世外桃源迎贵宾。

醉美金乡

满眼风光佳景现，河湖湿地紧相连。
荷红柳绿人陶醉，鸟语花香客赛仙。
凤落金山藏宝玉，龙翔碧水兆丰年。
奎星湖畔飘丝带，诚信之乡美誉传。

王杰精神赞

自古缗都有圣贤，光辉事迹美名传。
英雄壮举惊中外，革命精神照地天。
火样青春霞彩丽，歌般岁月血花燃。
蒜乡志士千秋颂，不忘凝心绮梦圆。

浪淘沙·奎星湖公园

湖水闪金光，波动清扬。多姿翠柳绕湖旁。曲径幽幽情侣过，无限芳香。　　宝塔映斜阳，夕照影长。奎楼佛语诵声琅。圣殿古阁书画动，翰墨飘香。

浪淘沙·咏金山公园

漫步望金山，雄伟奇观。葱茏草木满山间。曲径通幽游客过，一览无边。　　溪水汩流园，白玉石栏。金蟾献瑞兆丰年。三五亭台仙侣坐，气定神闲。

清平乐·金乡赞

金济河畔，柳绿百花艳。宏伟大桥雄风展。歌舞升平未断。　　公园崛起金山，山清水秀花鲜。流水潺潺声响，胜似仙境一般。

忆江南·崔口新村（二首）

其一

崔口美，容貌绽新颜。道路宽通平又坦。新村院里笑声甜。碧水映蓝天。

其二

新春富，户户有余钱。大蒜研发结硕果，腾飞经济创新篇。福佑驻人间。

◆ 胡瑞鹤

暮　春

红瘦绿肥春意远，风携细雨润青枝。

莫悲花落芳香尽，恰是新生孕果期。

梅花（新韵）

万木凋零鸟兽藏，时逢玄序北风狂。

岂知墙角数清客，雪也难遮淡淡香。

寄 思

荻花飘絮漫如雪，鸿雁过江声似悲。

岸上轻弹杨柳曲，可将心意送君知？

闲游金平湖（新韵）

鸳鸯水上相追戏，蝴蝶花间时隐飞。

沿岸漫行无觅处，遂随稚子采莓归。

早春（新韵）

春光携燕归，桃杏引蜂围。

江上新芽醉，桥头笋早肥。

暮春有感

林卧愁春尽，花稀叶影浓。

清江分两水，薄雾暗群峰。

空恨青春短，更忧白发丰。

盛年须勉励，岁月不相重。

◆ 常昭顼

奎星湖（五首）

一

兴到不觉老，湖光每日新。

塔临水自映，水动塔无音。

浪起几重影，影重一念真。

思前复想后，却是分别心。

二

闲步长桥短，聆听万籁真。

九折方抵岸，三顾忍归心。

看塔塔无语，观湖湖有纹。

回廊多故事，捷径问时人。

三

松是平常绿，柳无别样垂。

通幽隔曲径，弄影谢疏梅。

滟滟双环翠，颦颦一顾悲。

仙姝来世外，曼舞惹尘飞。

四

百无聊赖绕湖行，每见奎楼总驻停。

细雨缠绵织旧梦，风铃自在响童声。

九折桥曲终抵岸，三转廊回多画屏。

虽有兴怀老将至，也常拾趣赏枯荣。

五

一点醺醺一颈风，两边水镜两重灯。

皆言塔自唐时有，谁管月从何日明。

酷暑炎炎汗未尽，初凉瑟瑟衣需更。

本来无意留诗句，欲寄乡亲勉几声。

◆ 杨明志

游老家鹰山（新韵）

春山多胜事，赏景正当时。
路转风梳柳，桥横雀闹溪。
峰叠花烂漫，草茂水逶迤。
偶入桃园处，茫然若有思。

梦乡（新韵）

客路青山外，孤舟野柳风。
天高蟾魄渺，水静棹歌穷。
杯里孩儿影，灯前老母容。
秋虫寻不见，细细似家声。

偶遇（新韵）

客路青山外，盈盈碧水间。
风梳杨柳绿，日照杏花丹。
秀发应无意，明眸似有言。
天涯同落寞，何不共桃源？

春望（新韵）

空山新雨后，盈目尽迷离。
花落香逐水，风吹绿吻蹊。
蛙鸣溪荡荡，雀闹柳依依。
我自寻幽趣，忽闻归牧笛。

寒冬见树上鸟巢有感（新韵）

枝枯叶落巢犹在，雨打风吹亦是家。

待到春光明媚日，听君歌曲弄新芽。

◆ 孙亚春

赴外打工（新韵）

客路青山外，车笛短复长。

蒜畦新染绿，梨蕊未成芳。

村舍炊烟暖，羁途杯水凉。

小儿初解意，寄语早还乡。

◆ 白艳丽

早春（五首）

其一

东风送暖柳鹅黄，丽日催开杏蕊香。

多谢报春双燕子，衔泥还向旧时窗。

其二

人言三月好春光，杏李桃开处处芳。

吾喜惠风斜暮里，新词才读韵犹长。

其三

阳气欲回寒欲消，春光不再梦中遥。

东君几日邀双燕，柳碧桃红处处娇。

其四

流水渐潺冰渐消，新妆轻步过河桥。

暖阳一缕催诗兴，心逐纸鸢到碧霄。

其五

冰消柳暖近阳春，拂面东风倍感亲。

今夜若能邀雨至，杏花如锦草如茵。

赏梅来迟（二首）

其一

前日来时君未绽，悔今花落散陂塘。

但能抛却营营事，不负今生一寸香。

其二（新声）

常恨营营总负春，如今落蕊又纷纷。

多情最是梅枝上，不谢初妆待故人。

春　蚕

生在春风里，百花皆不识。

重门深闭锁，谁为绩千丝？

早春戏咏阳台萝卜花

陋室蓬台暂寄身，洁衣素面自天真。

虽然未入百花谱，却领东风第一春。

夜闻槐香

惠风和畅月溶溶，归燕檐前倦意浓。

何处槐香频入案，乡思惹起梦千重。

◆ 齐胜勤

星湖公园

蛙鼓鱼游灰鹤鸣,楼台倒影秀湖中。

长廊南北通书苑,短径东西到画亭。

宝塔摩空留晚照,仙桥步月映朝虹。

圆荷碧绿初开放,一叶兰舟泛浪行。

平湖秋色

荷花出水泛幽香,几只游船泊岸旁。

亭外歌声惊鸟醒,采莲少女倚斜阳。

羊山天池

秋到山峰云又起,黄莺白鹳树栖息。

天池碧绿雾缭绕,紫鹤蓝鸭水上嬉。

蒜乡飘香

远望田畴满目青,碧波荡漾有无中。

自然一色放光彩,奇特清香飘上空。

锦绣金乡城(四首)

其一

三月金城春色新,嫣红姹紫彩缤纷。

园中岭上花开放,湖岸河边树弄阴。

日照阁楼光影动,烟笼塔庙暗香熏。

潇湘处处蓬莱景,墨客骚人尽赋吟。

其二

登高极目望金城,无限风光飞彩虹。

野渡燕穿杨柳雨,芳池鱼戏芰荷风。

河清童叟闲垂钓,湖秀游人破浪行。

春日清晨蝶醉舞,秋时夜半幼蚕鸣。

其三

漫游野外伴风行,袅袅炊烟入雾层。

芳草丛中鹰恰恰,红花树外雁雍雍。

曲河深浅舟轻渡,莎岭连绵车重行。

组字连词成美句,吟吭高诵满江红。

其四

眺望天空皓月明,清风鹤唳引诗情。

仙阁烟雨锁轻雾,宝塔佛光映彩虹。

柳摆路边花簇簇,竹摇湖岸影重重。

金乡锦绣美如画,奋笔疾书踏莎行。

鹧鸪天·滨河大道闲步

曲水横桥大道边,夭桃倩李斗奇妍。霞光长岸莺歌舞,绿影沙滩燕跃穿。　才唱鹭、又啼鹃。微波细浪渡游船。清风吹醒鸳鸯梦,明月惊飞柳上蝉。

破浣溪沙·金济河

堤岸青林立路旁,绕城碧水映天光。彩舫飘摇移港去,向东方。　云浪起伏逐雁路,烟波翻滚卷鸳鸯。画意诗情游客醉,颂金乡。

◆ 李建国

迎孟晚舟

故国别离逾二载，洋邦囹圄几多愁。
孤舟幸得东风助，归棹鹏城涕泗流。

致秋菊

千丝万瓣枝头绽，每遇重阳色自盈。
吟颂风姿汉时载，成名岂是赖陶评。

观《突围》有感

贪财廿亿显权谋，为保身全苦运筹。
天网虽疏终不漏，游魂可悔觅封侯？

枫林夕照

落木萧萧天向晚，枫枝挺秀笼轻纱。
寒霜难掩丹霞色，浑似争春二月花。

致残荷

萧萧瘦骨立寒风，不见先前那抹红。
凋谢深秋非自弃，冰心一片在泥中。

群鸦拜鬼

东海茫茫浊浪涌，钓鱼岛畔起风波。
樯帆频靠烟云绕，神社堂前聒噪多。

小 雪

雪花几朵伴风来，散落枝头似早梅。
庭下难寻香一缕，几行清泪润干苔。

读郭老《李白与杜甫》

品评李杜显才情，针砭趋时意气盈。
垂老频频和词曲，可曾一字悯苍生？

赞越王

绝伦古剑熠光芒，车马萧萧伴越王。
悬胆十年成霸业，雄心尽在苦中藏。

月 季

群芳凋尽显风华，溢彩凝香绮万家。
秋尽菊残犹炫俏，谁言此后更无花。

◆ 陈新敏

游遇龙河

客路青山外，竹筏绿水前。
长蒿撑半日，扁尾荡千弦。
音妙岑中绕，心安渡口闲。
携程约暑假，相伴度余年。

春 雨

空山新雨后，田地润如酥。

十里嘉禾茂，千颗玉露浮。

层林隔燕远，积水照云舒。

篱畔多闲语，秋仓户户足。

◆ 张 云

春日（五首）

其一

陌上含烟尽翠微，春风几许雁迟归。

暖阳轻笼山花漫，一蔫闲云映暮晖。

其二

清波古柳弄新芽，绿墨黄泼淡似纱。

将展未舒临水舞，心情款款束一札。

其三

腊梅吐蕊笑东风，一点胭脂天际红。

疏影横枝香暗寄，待君故里醉平生。

其四

小径蓬门相见欢，山肴野蔌对歌弦。

一杯浊酒平生事，几朵桃花不惑年。

其五

春风十里送君归，脉脉相思化影随。

若待柳花飞絮去，谁怜镜里画青眉？

夏日寄友（三首）

2013年夏，友人赴甘肃威武上任，山高水长，心绪万千，遥寄三首小诗以壮征程。

其一

乱红飞尽暮阳残，几阵蝉声向远天。

久对梧桐无一语，何来小怯翠山寒。

其二

若有浮生半日闲，青梅煮酒舞翩跹。

明年纵使多相忆，雨过桃花两重天。

其三

残阳如血出玉门，烈烈西风马裹尘。

莫却三杯豪饮去，羌笛冷月醉征人。

冬游金平湖（二首）

其一

西问东寻阡与陌，枝枯水瘦伴灯明。

北风未使游人悔，笑指寒苗片片青。

其二

半湖碧水半湖晴，料峭寒春莫探踪。

踏遍东湖桃杏李，只堪野草笑东风。

◆ 张新静

金乡县长宁湖赞

最是长宁宝鉴开，水天一碧净无埃。
参差楼影波中动，浓淡花香岸上栽。
涞水朝烟呈古画，春城晚照映新台。
四知佳话清风处，曾有诗仙邀月来。

金乡金鱼湖掠影

乐向金鱼湖畔游，长桥曲岸水悠悠。
云烟袅袅鸳鸯浦，芳草萋萋鹦鹉洲。
秋月昔年临古渡，春风今日绕高楼。
车声帆影惊鸥鹭，隐约柳荫垂钓钩。

金乡旧八景景目诗（新韵）

坟台峙秀崇，寿河焕文融。
涞水朝烟紫，春城晚照红。
仙桥平步月，宝塔仄摩空。
莎岭春晴柳，羊山雪霁松。

奎星楼

漫历沧桑明复请，卓然水上欲飞腾。
月高每见银波影，风骤时闻铁马声。
凿壁贤良思攀桂，囊萤志士望题名。
游人至此无尘地，谁不仰看奎宿星。

金乡东城新区观感（古风）

漫步新区纵目观，东湖涞水共朝烟。
群楼突兀星欧影，大厦巍峨壮鲁天。
志士宏图谋国盛，黎民畅想乐平安。
秋风茅屋思圣贤，白水绕城忆酒仙。

◆ 介成峰

文渊阁

斗拱飞檐风韵响，鎏金碧顶溢光芒。
玉龙盘柱雄群踞，蜂遇猴骚拙作狂。
文墨贤流悬遍壁，宝瑰豪迹满誉香。
达人之士相携聚，四库全书高枕堂。

羊山烈士陵园记（新韵）

苍松肃穆碧连天，纪念碑碣耸屹然。
柏恸垂额追缅忆，墓悲铭志慰灵眠。
排排瞻仰陵前立，队队凝眸心内惭。
英烈捐躯身是土，今朝方有富昌安。

羊山战役纪念馆（新韵）

庄严肃穆静临前，惨目廊回历数悬。
炮火隆隆震天地，枪声阵阵撼心弦。
顽敌隅守垂顽抗，勇士巧攻尤战酣。
血雨流河生死烈，俘擒宋首在山巅。

星湖公园（古风）

千年光善塔斜阳，岸柳逸飘随影彰。
红伞仙桥伴情侣，漂舟划桨侍鸳鸯。
奎楼耸立湖心处，九曲弯通水渚央。
亭榭凭栏读渊阁，猴蜂相戏玉龙凉。

光善寺塔（古风）

流年光善沐朝阳，绿翠映辉丝柳妆。
屹立千秋沥风雨，顶三抗战寇炮伤。
一零加固重修缮，镇体琦珍献世芳。
佛塔银棺涅槃舍，惊天瑰现国呈祥。

奎星湖（古风）

碧水一泓云映天，岸堤环翠吻风翩。
鹊桥之上罗裙摆，九曲依栏把手牵。
面对奎神膜虔拜，转看红鲤任游跹。
仙居倒影随波去，岁月好安何以焉？

奎星楼（古风）

奎楼湖矗事由因，膜拜书人常聚身。
虔敬兮兮双十叩，思求念念礼询旻。
心诚灵亦当需奋，无志缘何来迄神。
世界万千皆可纳，无须只认一根循。

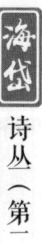

仙人桥（古风）

远视长虹近似龙，两阳三曲贯其中。
仙桥乃像西湖里，寻梦恋人方亦躬。
二一四逢加七夕，靓男倩女涌台通。
鹊登为把爱情续，再唱懂生携许童。

九曲桥（古风）

桥曲难行路急弯，臂肩缠挽发裙翩。
春风拂煦面青涩，胸灌蜂酣醉腑泉。
人设亦然遭此境，遍存荆棘与潭渊。
心心有印久奇秀，除险排艰绘妙篇。

金谷（古风）

清明渐远止无霜，鞭曳催犁耧种忙。
夏结满蒸锄与管，暑连伏晒锈蝠黄。
精焦低首等镰客，兰巧抬头待碌场。
七夕来临鹊桥会，牛生逾楚米偿香。

第三辑　现代诗作品

◆ 李新民

一世之隔（组诗）

被月光捧在手心

我的阳台很宽

旁边缺一个曾教我看星星的人

月的盘子很光亮

站不稳我的思念

夜的影子很长

藏不住父亲清瘦的身子

月光很白

遮不住父亲影子的黑

我的房间很大

能收藏不少照片

面对我的回忆

却小得可怜

我 阳台 房间

被月光捧在手心

看得全神贯注

是最亮的父亲的眼

草

父亲的头发长成了秋

草回不到绿色的蓬勃

点缀的蝴蝶飞走了

花香缩回了土地

草的凌乱很有韧性

抓住山的沧桑不放

多余的肉给了生活

只剩下骨骼的草帽

戴在田野的头上

任时间的风蹂躏

不喊一声疼

只接受清明的云雨

草是我倒扣的天空中

一颗永不陨落的太阳

又到清明

那棵柳树的眼又睁开了

是千目观音的转世

等来千年的风祭拜

一起邀来了雨流泪

香火虽然瘦

三条腿都跪下了

纸钱哭红了脸

落了一地的桃花

一世之隔

只差二三十年的光景

有了几万光年的距离

时间奋不顾身地去填补

一世的鸿沟

张开双膝的手

一捧坟的土就够了

坟外是天

坟内是地

跪天跪地跪父亲

只隔薄如纸的一条命

都是时间开的一个天大的玩笑

谢　罪

我来到世上的哭是谢罪

父亲

我没带来一分钱

求您喂我一口水

长大孝敬您

我送父亲

上路的哭是谢罪

父亲您没带走一分钱

孝是百年悔

我的泪不顶一毛钱

我清明上坟的哭是谢罪

父亲

小时候您陪我老了我陪您

为了清明

您等了一生

祭 父

朋友

我好羡慕你

因为你的父亲还健在

父亲的头发白了

那是雪山千年的时光积淀

是寒冷的孤守

谁爬上过

是鸟的禁区

是鹰的畏惧

他原本的处女地

芳草茵茵

枝繁叶茂 活力四射

他要顶天立地

因为高处不胜寒的孤独

他屹立成了山

我们仰望他一生

无法触到他的高度

家在他的山下

他把风攥在手里

他把雨泡成茶

他把雷装进口袋

山为什么有峰

那是父亲的头颅

山为什么有悬崖

那是父亲的脊背

山为什么有水

那是父亲的泪

山为什么有绿树红花

那是父亲与母亲的爱情

山脚下为什么有大大小小的石头

那是父亲的子孙躲在他的怀里

你抚摸过父亲的皱纹吗

山是魁梧的

你走进山

沟壑纵横

那就是父亲的皱纹

有泥土的裂痕

有烈日的脚印

有黑夜的墨迹

有溪流的雕刻

有野兽的粪便

你埋怨父亲老态龙钟吗

一场暴风雨

一场泥石流

血管堵了

你给父亲喂过药吗

你给父亲洗过脚吗

回光返照

火山沉默了

成了天地的坟

花圈为什么是圆的

因为父亲的一生是圆满的

父亲的一生真的圆满吗

孝是儿子背着老人

你背过父亲吗

你在灵前流的泪

是后悔的泪

还是掩人耳目的泪

天也大

地也大

天地间

谁最大

神最大

谁是神

父亲是神

坟为什么是圆的

因为太阳是圆的

月亮也是圆的

太阳和月亮是天的眼

护佑着天下的平安

父亲的坟是地的眼

护佑着家人平安到达天涯

十月一你上坟了吗

父亲的忌日你上坟了吗

春节你上坟了吗

清明你上坟了吗

坟是圆的

便于你一年四季的轮回上坟

便于你从四面八方扫墓

众星捧月是圆满

坟是圆的

上坟的碗杯香纸钱都是圆的

你双膝跪地磕三个头

拜见父亲

这就是孝

才是父亲要的圆满

今又清明

你上坟了吗

父亲

——我永远的神

◆ 张化纪

故乡啊故乡

故乡啊故乡

多少次独自怅惘

多少回午夜神伤

多少次乡愁流淌

多少回百转千肠

多少次苦闷彷徨

多少回深情回望

因为有一个称做故乡的地方

故乡啊故乡

梦里总萦绕着你的美丽模样

那里有父母切切的叮咛慈祥的脸庞

那里有蓝蓝的天空清清的荷塘

那里有童年的伙伴热闹的谷场

那里有曲折的小路窄窄的街巷

故乡啊故乡

为了读懂你我把你小心珍藏

我用了五十多年的不倦时光

我用脚步把故乡的土地丈量

我用勤奋见证我儿时的向往

我用文字记录着每日的风向

我用情怀盛满着故乡的月光

故乡啊故乡

多少次辗转反侧中忆起你的素装

多少次牵肠挂肚里想起乡音绵长

多少次午夜的钟声在睡梦中敲响

多少次我朝着故乡方向深情凝望

多少次我带着甜蜜思念远走他乡

多少次我怀揣着乡愁而步履铿锵

故乡啊故乡

你是那片我既陌生又熟悉的地方

你是那个让我再也回不去的过往

你是那个让我永远走不出的天堂

你是那个让我倍感温暖的避风港

你是那个让游子心灵洋溢的芳香

故乡啊故乡

我曾经用思念和泪水把你捆绑

我曾经用奔跑和呐喊将你安放

我曾经用虔诚和乖巧伴你身旁

我曾经用激情和汗水送你启航

我曾经用奋斗和坚持让你荣光

故乡啊故乡

其实我的身上早已经遍体鳞伤

其实乡愁早就揉碎了我的心房

其实我离开你的时间越来越长

其实我的梦已和你在一起辉煌

其实走到哪里你都是我的坚强

其实我永远都忘不了你和爹娘

划过百年的那条红船

——为纪念建党 100 周年而作

划过百年的那条红船

静泊在神圣的南湖岸边

她经历了一个世纪的沧桑巨变

已成长为一艘承载历史的巨轮破浪扬帆

一段峥嵘岁月的烽火硝烟

把神州大地的梦乡点燃

她默默书写着时代的呐喊

让人们从历史的脉络中寻求答案

划过百年的那条红船

她从容展示着悠久的历史渊源

那就是不朽的敢为人先的精神内涵

依然荡漾在嘉兴南湖的平静水面

有一座不朽的丰碑铭记心间

有一道壮丽的风景就在眼前

让我们打捞起往昔的片段

红船就是最明亮的那面镜片

她折射出民族复兴的凤凰涅槃

一百个春秋穿越风雨勇往直前

在时空中绽放她独有的光环

划过百年的那条红船

她带给了我们无与伦比的心灵震撼

三万多个风雨兼程的黑夜白天

高高扬起的依旧是不屈的信念

她是一个历史的转折点

民族复兴的航船在这里起锚离岸

小小红船昭示着大时代的变迁

时刻警示着我们牢记使命重任在肩

划过百年的那条红船

她就是一只永不熄灭的灯盏

小小红船承载着开天辟地的千钧重担

曾经义无反顾地接受腥风血雨的考验

从南昌到井冈山再到反围剿的赣南

从爬雪山过草地再到延安的艰苦抗战

从倒蒋的三大战役的硝烟到共和国的创建

从抗美援朝的气吞河山到改革开放的时代前沿

从科学发展观到伟大中国梦的精彩蜕变

正是这条红船摆渡了困境厄难

正是这条红船让我们拥有了一片蔚蓝

这条红船就是梦想启航的驿站

长风破浪掠过历史的波诡云烟

她已然华丽转身为一艘大型巨舰

她是全心全意为人民遮风挡雨的港湾

划过百年的那条红船

她已经走出南湖驶向海洋的深蓝

她虽然已经走过一百个夏热冬寒

但她仍然保持着青春不老的容颜

复兴路上将追梦者奋斗的故事写满

红船是一个时代的精神标杆

她告诉人们星星之火可以燎原

红船是一把熊熊燃烧的烈焰

她以摧古拉朽的气魄征战明天

历史的车轮不断滚滚向前

新时代的巨轮给我们指明了正确的航线

只要我们不负韶华埋头苦干

中华民族必将屹立在世界舞台的正中间

老家的那棵柿子树

那棵柿子树生长在被我牵挂的老家

经历了几个春秋的洗礼

如今她已经变得身强体壮肌肤如甲

她没有太多的虚荣浮华

淳朴的样子总能让我怒放心花

她从来不去抱怨环境的好坏

也从来不去计较营养的多寡

她就静静地成长在每一个深秋里

在收获的季节把满树的红灯笼悬挂

那棵柿子树

茁壮在我的卜集乡下

她和其他的瓜果蔬菜一起

共同组成了一幅我的田园诗画

当我每一次走进熟悉的院落

她总是用昂扬的姿态与我对话

那郁郁葱葱的油绿绿的叶果

总能带给我丰收在望的表达

那棵柿子树

芬芳在我的梦乡睡榻

多情的万福河水把她滋润养大

每当我和她邂逅的刹那

浓浓的乡愁瞬间就会把我融化

那些变换着颜色的果实

记录着四季更替岁月年华

在孕育了一个饱满的季节之后

她便将那颗颗火红的小灯

笼挂满在了每一个枝枝桠桠

初冬的枝头

是谁

在初冬的枝头跳舞

用包容乐观的方式

向深秋告别

是谁

开始给大地披上了绒衣

把沉静与萧瑟

丢给北风呼啸的季节

几只小麻雀

还在光秃秃的树枝上

唱着单调的曲子

它们无惧每一个日子的更替

天空像湖面一样

雾气蒸腾

表里如一

繁华说散就散

一个收敛的季节

总是那么含蓄

而校园的故事才刚刚开始

你听

那朗朗的读书声唤醒了我的青春记忆

岁月的驿站

家人为我点红了炉火

那一杯暖胃的烈酒

给了我一直前行的勇气

不知道是谁

催我借着朦胧的醉意

写了一首长长的打油诗

字里行间跳动的皆是豪迈大气

那是我的思绪

在初冬的枝头放风

初冬捎来的丝丝寒意

提示我拥有一个通透的灵魂

中国红

你来自一抹朝阳

洋溢着青春的光芒

你来自奔腾不息的血液

定格着东方古老的雕像

你来自一个神奇的国度

演绎着无限的热情奔放

你来自一份虔诚的吉祥

蕴含着五千年文明的力量

你是生命的底色

一簇焰火诠释着正义与信仰

你是挂在中国人春节里的祝福

千年不褪的期待与梦想

你是太阳的使者

折射出生命的荣光

你是我眼里喷薄而出的向往

是年年岁岁工整的对联和震天的爆竹

是凤凰涅槃时血雨腥风的倔强

你是少年佩戴的红领巾

犹如北京城里大雪中的红色院墙

你是除夕夜里一串又一串的红灯笼

赓续着一代又一代的子孙炎黄

你是一团又一团生命的烈火
紧紧地拥抱着一个又一个崭新的春天
引领着我们穿过时空的苍茫
你是母亲送给我的贺岁钱的外包装
是我们赖以生存下去的高天厚壤

◆ 李艳丽

谁的月亮

月亮悄悄地爬上窗
望着窗子里谁的模样
谁在月亮的清辉里静静地躺
任月光抚摸一袭清凉

谁的思绪在月光里游荡
谁的眼眸在月光里翘望
谁的目光与月光相撞
月亮洞悉了谁的念想
月亮的眼里藏着谁的脸庞

照着这窗的月光
也照着远方

树叶摇晃
碎了一窗
碎了的月光

哗啦啦地响

种一棵树

种一棵树吧
三五年就可成荫
能留住鸟鸣
能演绎四季

种一棵树吧
十多年就可成材
映衬着蓝天白云
唱和着清风细雨

种一棵树吧
上百年就可成史
承载着过往的厚重
诠释着岁月的痕迹

种一棵树吧
种下一棵树
种下我们的希望
种下未来的记忆

因为
只有一棵树能鲜活地挺立
只有一棵树能虔诚地守望

春天就是一朵为你而开的花

说好要在春天相遇

又在春天发生故事

从此我舍了触手可及的信仰

不再幽怨地凝眉叹息

粉墙内外照眼的都是桃花

肆意晾晒粉红色的春天

和酒一块决绝的饮下

你抽出一段素白时光

于我的掌心安家

一朵浅浅的水花是温暖而柔软的信号

红尘里藏不住爱的名字

这一刻注定了某些情感

要被放逐和流放

我于风声里坐望

勾勒你微笑的模样

四季，你听我说

春天的细雨说

我洗过了肥沃的田地

洗过了走远的冬季

洗过了和煦的春风

到处飘逸着迎春花的香气

夏天的青蛙说

我在溪边等你一起嬉戏

听着雷声淋着爽雨看着大地

我听到鱼儿在窃窃私语

我站在荷叶上唱着曲子

秋天掉了头发的大树说

秋风啊你夺走了我的华丽

还给我带来了雾气

听孩子们在树下欢声笑语

我还真的有点生气

冬天的雪娃娃说

每到此时孩子们太淘气

堆胖了我的身体

还给我穿上花衣围着我唱歌跳舞

和我一起嗨皮

夜雨秋（三首）

其一

雨正下着呢！

夜幕落下了，

摊一本书在膝头，

却想着那隐去的星。

夜幕落下了，

雨正下着呢！

坐在清冷的夜气里，

细数雨声。

其二

秋夜雨

偷偷地在描画什么呢？

淋红了枫叶

打残了绿荷

零乱了庭院梧桐

檐头孤悬的雨珠

除却

谁是伴侣？

其三

秋雨在人世间绘画

我只沉寂地看着

夜雨在廊檐下弹琴

我只静默地听着

落着秋雨的夜里

我只虔诚地祝福着

◆ 王金环

云水谣

我的思绪　是云，

你的柔情　是水。

我漂泊不定，

你动荡不已。

我在高高的天上，

你在远远的海边。

我心绪万端，

你泪眼迷离。

没有太阳，

也没有月亮，

黑黑的晚上。

我的泪，无声地流淌。

我看见，闪闪的星光里，

黎明的霞光下，

到处都挂着，

你晶莹的泪滴。

我在你的目光里，

你在我的心情里，

可我们却，

久久相离。

留住花开的日子

有多少云，就有多少思绪。

有多少雨，就有多少泪珠。

荼蘼花事尽，灯下白头人。

冬来了，飘飞的叹息伏地的沉思，

剩下的是失去的记忆。

春归何处去，寻觅在黄昏。

雏菊盛开如金灿灿的阳光，

你的笑脸是艳丽的花开，

前面还有多少隐晦的日子，

愿你快乐的微笑留在我的心底。

◆ 任彬彬

我和春天叫个板

春天

你用风做调色盘

赋予世界花的芬芳叶的明艳

以及阳光的温暖

好吧你征服了整个世界

可我还有杀手锏

无论如何你美不过——我的笑脸

金乡诗草

树叶哭了

十月的路旁

树上的叶子开始变黄

妞儿搂着我说

妈妈，大树哭了

为什么？

她指着飘飞的叶子

妈妈，

你看，那是大树的眼泪

大树是在说

冬天就要到了

一帆风顺

你说

你快到了

我起身

临窗搜寻

夕阳西下

一群高楼

在火球里移动

你不在火球里

大树尽收眼底

一群行人

在绿海里出没

你不在绿海里

广场很大

闲人很多

我用心

把蚂蚁放大

想找到你的身影

其实

我不认识你

你也没见过我

可是

我想

我能找出你

因为

你是书的囚徒

你穿着圣人做的囚衣

那一个身影

一定是你

洁白的短衫

像天上的白云

蓝色的长裙

像蔚蓝的天空

你捧着一盆花

像一叶扁舟

在平静的湖泊里

悄悄航行

你把花放在桌上

浓绿的叶上

参差而舒展

一朵洁白的小花

孤傲地伸出来

我知道这花名字

是一帆风顺

夜　雨

夜雨如约而至

在我的梦里

落成了一场盛事

悄悄地

轻轻地

浅浅地

让我接受夜的拥抱

寂静的陪伴

在低吟浅唱的歌里

清凉的抚摸中

幸福地再次入眠

我有一座城池

我有一座城池

这里云淡风轻

有绿叶也有花丛

有飘香的果儿也有小蜜蜂

我有一座城池

它很大，很大

装着三山五岳的四季

装着长江黄河的奔流不息

装着塞北雪的纯净

还有江南小巷的明柔

我有一座城池

它很小，很小

小到只能装下

一个人的音容

一个人的笑与深情

一株百合花

我是菜地里的一株百合

周围是参差的田七

我希望

风能看见我

看见我的明艳

看见我的婀娜

看见我在菜地里茕茕的寂寞

然后带上我的芬芳

送我欢喜抵达我的部落

你

像一阵烟那么轻

轻到不惊扰任何生命

像一座山那么重

重到任谁都搬不动

你就这样坐在我的心上

想轻就轻

想重就重

让我不知冷暖

一天之内

感受春夏秋冬

不如是这样

明明路途平坦

你却脚步蹒跚

踽踽不前

明明晚霞满天

你却说，风雨将至

何处家园

明明星星在眨眼

你却说，伸手不见

周遭黑暗

明明有春风拂面

你却依旧觉得

彻骨的寒

世界

不如是这样

悲喜无味

死生淡然

◆ 刘双保

桃花又开

着急的春光

刚一露头

你就绽出绝世的娇羞

无声的夜雨

是多年的老酒

一觉醒来

你织了一地红绸

发黄的书页里

珍藏你一生的香柔

你却给了夏天

一树浓郁的忧愁

山脱去雪衣

燕一声啁啾

你从书中飞出

又坐在高高的枝头

一个字的叫法

半夜

从梦里醒来

又看到了

她

从没叫过妈妈

我只叫她

娘

小时候

她就在身边

我叫得清脆

像日出

一下子

照亮四方

长大了

她只在家里

我叫得厚重

像一碗粥

总是

回味生香

后来她只躺在床上

我叫得绵长

像黑洞

看不到

尽头

我心里

还有千万种叫法

都不一样

现在

我想叫一声

可是叫不出来

我只能写成

母亲

一只蝴蝶

你从哪里来

千年月

万里风

几度庄周梦里行

你到哪里去

柳未黄

草未发

寒云漠漠向天涯

在这陋室里

地无霜

花正芳

暂认他乡作故乡

过了这时日

着轻衣

过轩窗

桃花十里看春光

◆ 吴淑荣

曲水流觞

曲水流觞，

你是我的哪一杯？

临风赋诗，

我是你的哪一首？

苍茫千年，

老了青山，

老了年华，

唯留那不老的墨韵，

于世人的宅壁幽悠。

曲水流觞，

你是我的哪一杯？

临风赋诗，

我是你的哪一首？

一瞬千年，

杨柳掐着愈细的腰，

临水静候；

悬浮于荷箭的蜻蜓，

双翼——

欲展还收。

曲水流觞，

你是我的哪一杯？

临风赋诗，

我是你的哪一首？

其实我不想醉，

更愿是那杯琥珀酒，

被你轻轻端起，

豪饮入喉，

于你的血脉游走，

漫越千年，

陌上——

一阕温婉，

一犁清秋。

◆ 李 兵

别拉窗帘

别拉窗帘

即使隔着玻璃窗

月亮星星

也能自由地出入

睡在自然的怀抱里

看夜空的辽远

听暮色的静谧

于是

梦里也就有了晨曦鸟啼

也就有了鸡鸣犬吠

满满的生活气息

春天

听一听牛毛细雨的呢喃

听一听杨柳和风的轻吟

听一听嫩芽破土的诗

听一听初蕾渐开的画

夏天

就感受滚雷轰鸣的颤动

就感受大雨倾盆的酣畅

就感受浓荫遍地的清凉

就感受荷香蛙鼓的恣意

秋天
就看看流星吧
一颗一颗
就那么璀璨
啧啧——那小尾巴
还有蛐蛐
整夜整夜地唱
也不要伴奏
不　她们唱的就是琴声呀

冬天
难得一见的是雪花
不过屋子里可不能开灯
须走到院子里
看她们在灯下跳舞
柔滑的黑色夜幕便是她们的舞台
专为我一个人演出
轻灵缥缈
若有若无但又真真切切
忘情的时候
我们便常常深情相拥
一起凝固成童话

不拉窗帘

无论冬夏

每天都能自然醒

看夜色渐退

看晨曦初上

看小雀离巢窗前梳妆

世界上最幸福的事情

莫过于 睡觉不拉窗帘

即使是隔着玻璃窗

我也能自由地飞翔

和萤火虫一起

写诗 歌唱

伴你一生，仍嫌太短

浪漫

你可以选择玫瑰花的香艳

但我知道

即使养在最昂贵的花瓶里

不出半月

它也定会萎蔫

浪漫

你也可以选择高空跳伞

既刺激 也惊险

但那种心惊肉跳的感觉

只能是白驹过隙般

短暂

浪漫

也许来自灯红酒绿的

烛光晚餐

觥筹交错音乐缠绵

但酒精的麻醉

早已麻木了神经

让记忆断片

浪漫

也有人把它定义为婚纱奢华

戒指镶钻

但信誓旦旦的甘苦与共

一生相牵

经不得半点诱惑

转瞬就会云烟

浪漫

的确也可以是用心良苦

惊喜忽现

那一刻的怦然心动

注定了依肩而泣

泪光闪闪

只可惜

太多的人

没有把这样的美好记忆

坚持得玉润珠圆

经久成串

浪漫

不是这样偶然一次的心血来潮

昙花一现

甜言蜜语月下花前

只能用来点缀生活

享受瞬间

再单纯的人也知道

绝不能用它

替代吃喝拉撒

柴米油盐

二十岁

生日送花

四十岁

雨中送伞

六十岁

结伴旅游

八十岁

同塌而眠

就算我们都老得离不了拐杖

也还彼此相搀

就算一生清苦

相信每个人都能深深懂得

浪漫到极致

也就只剩下

——伴你一生仍嫌太短

◆ 邓素粉

午 后

深秋的午后

如此温暖

令我想做只慵懒的猫

窝在草坪上睡觉

或者

眯起双眼打量这迷人的风景

金黄的银杏树叶

是大地母亲此时的心情

靓丽、馥郁且纯净

银杏树下

一位独坐的老者看我

用手机收藏时光

我想

如果哪天

等我也闲逸到可以这样

静静地品味光阴的味道

但愿容颜已改岁月静好

◆ 张秀玲

曾记否

曾记否

春日的午后

我们徜徉于金水湖的花红柳绿中

看那蝴蝶双双

翩翩飞翔

曾记否

夏日的傍晚

我们驻足一碧万顷的平湖边看落日

那天边斑斓的霞光

映红了我们的脸庞

曾记否

秋日的早晨

我们看滨河路的落叶飘零

露珠成霜

留下脚印淡淡两行

曾记否

冬日里落雪的时光

我们迎着纷纷的雪花到湖边

去看雪舞飞扬

那慢慢行走的俩人

也会白发如霜

梦　境

好像初夏的午后

信步来到了一片树林

那是一片高大挺拔的白杨

遮天蔽日

微风阵阵

吹起杨花满地

我们手牵手

走在树林中蜿蜒小路上

小路绵延无尽头

我多想和你就这样

一直　一直

走下去

突然

狂风起

落花迷住了双眸

风吹得我

迷失了方向

故人的身影

好像就在身旁

可是怎么也抓不住那熟悉的手

失落　哀伤

难道这就是梦醒

可为何再也找不到那片树林

留在心里的

只有那久久的久久的忧伤

元宵节的烟花

窗外，

漆黑的夜空，

漂亮的烟花，

如一朵朵璀璨的花瓣，

绽放后又纷纷落下，

一瞬间的美丽，

一瞬间的光彩。

烟花的美丽，

如此短暂，

却如此的奔放，

如此的热烈。

即使只有一秒的生命，

也要做到最完美，

开放到最灿烂。

那一刻让我忘记夜空的寂静，

看到的是破灭前的壮丽，

留下的是记忆中的美丽。

致童年

童年是一生最美妙的时光

无论是谁

无论经历了怎样的日子

一些共同的笑容

永远

也不会被岁月抹去

推开记忆的门

让时间定格在那个瞬息

在永远甜美着的往事中

让我们一起追寻

去寻找那份童真的心

和那已逝去的童趣

在童年的回忆录里

你可曾会忆起那最爱的游戏和零食

你可曾会记得童年里飞翔的纸飞机

你可曾还会记得我们一起缠过黏黏的糖稀

还有那和小伙伴玩的弹玻璃球

和扔沙包的游戏

你是否会感叹

小时候的幸福是那么简单

简单的岁月于指间无声滑去

还没玩够就长大了

愿我们在今后的日子里

用童心感知生活

愿你我童心不泯

永保童真

春天了，请到金乡来赏花

春天了，请到金乡来赏花
金济河岸边的迎春
在春风里摇曳着嫩黄的花蕊
她在告诉人们
春来了

春来了，请到金乡来赏花
看那田间路边的二月兰花
香气氤氲
如紫色梦幻般
让你的眼睛应接不暇

春来了，请到金乡来赏花
金水湖边的千亩梨园里
那一片连一片的梨花
洁白淡雅
书写着世间的盛世繁华

春来了，请到金乡来赏花
看金平湖岸边的桃花山上
灿若云霞湖水的柔波里
倒映着人们幸福的脸颊

春去了，夏来了

金乡诗草

夏走了，秋到了

秋去了，冬近了

金乡的九湖五河

大街小巷

季季都在鲜花的簇拥之下

金乡的春天来了

相信她在两会春风的吹拂下

将会有更日新月异地变化

她的色彩会更加绚烂

请你，随时到金乡来赏花

◆ 高志伟

早春的湖柳

风筝牵着一冬的思念

出迎早春的第一只燕

携来

微微春风

抚过

柳姑娘那飘逸的万缕秀发

沉静中心儿荡漾了

慢慢地有了

雀喙般的嫩芽

慢慢地泛出绿意、绿意衍泛

轻柔绿亮成了生命主题

也就想

寻找恰如其分的文字

寄托这早春千金一刻的柳恋

不能得

太多的古诗名篇

只好用心

感受你的气息

感受你冬日藏起的冷艳

柔顺、绿亮的倩影

映入那万波微漾的湖面

风筝就牵了这湖、这柳

有了写意

一幅写意画卷

清　晨

自然地醒来

望一眼这冷清的晨

一夜的美丽梦境悄悄收藏

视觉的光亮炫染着

像亭亭少女清纯扮装

向往的魅力所在

让抛却世俗的原始心灵多了念想

凭风飞翔到远方

萦绕脑海的追风借口

需要救渡

倾泻的阳光用温热把心安静

一切的一切飞向明亮处

◆ 杨思功

梦在心里，爱在路上

我站在月光下眺望，

眺望你所在的地方。

月光温柔如水，

静静地洒在我的身上。

夜风阵阵吹过，

感觉那么的挑逗，那么的清爽。

风中有种诱人的味道，

那一定是你青春绽放的清香。

此时的你不管在什么地方，

你已来到我的心里，

你让我看到了爱的希望，爱的曙光。

梦在心里，爱在路上。

假如借我一天的时间

你能否借我一天的时间，

和我牵手逛逛美丽的沙滩。

让海风吹拂在我们的脸上，

让浪花打湿在我们的脚边。

当我们扑向大海的怀抱，

我们的心胸会变得如此的宽广无限，

我们的心海会像大海一样清澈湛蓝。

◆ 宗风秋

薄　荷

种在花盆里

是花

长在乡野里

是草

你从不分辨

也从未改变

愿　你

愿你，热情似火

清雅如荷

愿你，活得真实

笑得开心

愿你，不孤单

愿你，上得厅堂

下得厨房

愿你，活得简单

爱得酣畅

愿你，不流泪

愿你，素面朝天

锦心绣口

愿你，活得心安

玩得自由

愿你，不迷茫

愿你，梦里有诗

碗里有酒

愿你，历经磨难

素心向晚

愿你，不忧伤……

写给七月的情诗（组诗）

一、我说，我不想你

我说，我不想你

你知道

这是一句谎言

思念是我手里的眉笔

把七月的天空

越描越黑……

二、眉来眼去

读书、写字

运动、旅行

不为别的

只为到我老了

不能走路了

却依然可以和你

在记忆里眉来眼去……

三、七月的池塘

七月的池塘

开满并蒂莲

去年陪你看花的

那个人，没有来

天上的鹊桥架好了

地上的花儿开成了

满月

你站在风里等雨，

也等闪电……

四、向着太阳奔跑

过去的

和未来的每一个日子

都是一朵花

经得起仰望

经得起赞叹

也注定经得起践踏

向着太阳奔跑

我从不顾忌我的影子

歪向左边

还是歪向右边

五、长长的欢喜

要有春雨绵绵

润你如水明眸

要有秋风阵阵

拂你嘴角浅笑

要有一丛黄菊

插一朵在你鬓角

要有几竿修竹

方便你清晨倚靠

要有一泓静水

照你惊鸿艳影

要有空谷幽兰

伴你玉树临风

要你长发飘飘

要你翠袖薄薄

要一个骑白马的人

掠你到开满玫瑰的城堡……

然而,什么也没有

只有天和地

只有雨和风

只有我和你

只有长长的思念

和长长的欢喜……

六、七夕情话

玫瑰上的尖刺

慢慢深入骨髓

我的世界

全部陷落

我心甘情愿

做了你的俘虏

七夕年年都有

玫瑰年年都有

钻石年年都有

你却一去不返……

银河、鹊桥、葡萄架

玫瑰、钻石、巧克力

以及中指上

红艳的血珠

再也不象征爱情……

故乡的云（组诗）

一

坐在窗前

看云

想知道

哪一朵来自我的故乡

二

屋檐下的小麻雀

从早到晚，叽叽喳喳

肯定有一只

从我的童年飞来

它们不停地向我诉说

而我苍老的心

再也听不懂童话

三

少年时

总是渴望到远方去

年老了

又总想回到故乡

我们都是寄居蟹

故乡

是我们最坚硬的壳

四

桃子

多少人

喜欢你的甜美多汁

多少人喜欢你的漂亮光鲜

只有我喜欢你的勃勃生机

喜欢你长在枝头的

每一个黑夜

和每一个白天

五

懂得生活

就像一杯泡面

美味与否

取决于水的温度

和享用它的时间

然后你才明白

对于这个世界

只有爱

还远远不够

◆ 梁红玲

诚　信

诚信是一根弱小的火苗

焚烧世间不可逾越的藩篱

让如水的真情

在彼此心田滋润流动

诚信是一粒种子

落入几近枯竭的心灵沙漠

努力破土而出

繁衍成绿茵萌动的小城

诚信是一阵清风

吹散漫天阴沉的雾霾

扯掉谎言华丽的外衣

随风抛向万里长空

当痛苦在暗夜来袭

朋友用真诚为我疗伤

一起仰望

流星划过时的壮美苍穹

背上诚信的行囊

铿锵的脚步走向四海八荒

像一匹欲腾飞的骏马

挣脱了缰绳

那汪泉

枯黄原野上的那汪泉

就是你的眼

凄凉中含着幽怨

为逃脱世间纷扰

寻你在深冬

四周有思想的芦苇
拨动我的心弦

我想
把昨夜的薄雪
从你的睫毛和眉弯
吹落

借用天地间的那根线
为你缝一件风衣
御寒

我还想
燃一堆篝火
清凉的月光下与你
把盏

踏上
落叶铺就的归途
再回首
那汪泉之上
纷飞的芦花
遮掩了云霞漫天

高　楼

城市种下钢筋水泥的种子

在粗糙的掌心

一节一节向天空攀爬

拔起的高楼彼此手扯手

闪烁的万家灯火

淹没了浩瀚星辰

高楼俯视人来人往

用温柔融化漂泊的艰辛

用黑夜抚慰受伤的灵魂

寒流不远万里来赴一场盟约

高楼在冬雷滚滚中颤栗

犹如天地间微荡的钟摆

我按捺不住内心的寂寞

久伫高层窗前

遥望天边的万刃孤城

我的金乡

流浪的祥云翻越群山

悄悄落在静谧的家园

无意浅饮九湖五河的清澈

一醉就成了故乡

河流一天天明亮
润泽日月轮回的大地
一片黄叶驮着人间纷扰
从薄雾笼罩的水面飘向苍茫

魁星湖是前世遗落的一滴泪
与文峰塔对望千年
九曲桥上徜徉的风
日复一日把古塔清扫几层

村头柿树挑起红彤彤的灯笼
甜醉皱纹横生的脸庞
树梢上空炊烟袅袅
轻轻缠绕着夕阳

夜色深沉
城市的霓虹仰望苍穹
飞架东西的大桥满怀憧憬
扇动起隐形的翅膀

金山是位娇羞的新娘
在落日余晖中沐浴
恬美的睡梦中
是谁把寂寞庙宇的钟声撞响

村　庄

村庄在山脚隐居

来来往往的风

弹去它百年历史的尘埃

皲裂的老树已被岁月掏空

巨石压抑住枯井的梦

弯弯的小河佑护着村庄

不知疲倦地日夜流淌

从村口迈出的羊肠小道

一头连着城市

一头总系着故乡

村庄不甘沉寂

总想翻越到山的那边

亲身感受

大海分娩太阳

秋　荷

躲过夏的热烈

为了当初的承诺

在秋风中守住一池寂寞

空旷的天地

被思念层层着色

你踏着夕阳的余晖而来

驻足水边

莲花与荷叶交错

可知哪一个是我

淡然一个转身

经年的等待

辗转又成了过客

花瓣遗留的清香

被一丝忧伤悄然砸落

重 逢

小巷悠长

思念的藤蔓爬满心墙

开满紫丁香一样的忧伤

青石板下压抑的梦

从侧旁生长

徘徊的脚步不断回首遥望

远处雾霭渐浓

你打马而来

驮了一程山水的怅惘

牵念与惆怅久别重逢

忧郁的眼神

交换彼此受过的伤

◆ 张志壮

金乡的金山

金乡的金山

层层叠叠的石头处处惊艳

悄然等待一首山歌

早就听醉了和谐的家园

来过才能目睹美丽动人的容颜

光阴不会轻易留下亏欠

多少未曾来过的雅客

心中会升腾淡淡忧伤的遗憾

随时都可以安排一场戏宴

让命运交响曲始终打动着心弦

在这里重新选择一种梦境

寻觅光阴厚重的入口就不遥远

金山阁把悠悠云烟的故事轻唤

千秋瑰丽的芳华也就一目了然

封存千年已久的情感

终究是一份无法割舍的情缘

金乡万福河

华夏万福

厚德载物

从遥远的昨天开始奔腾

也有几经沧桑的变故

瑞泽千家万户

就恋这一把黄土

沧海桑田

把多少云烟的往事深深记住

沿着河岸的光阴寻觅来时的路

河神护佑众生幸福的指数

在一切春耕秋耘的日子里

总和你息息相处

生灵开始在万福河里超度

哪个地方才是它最好的归属

河套里流传多少陈年旧事

早已化为轻轻的薄雾

金乡奎星湖

多想依偎在您的身边

多想在这里不留下任何遗憾

一捧湖水默默无声

一颗禅心护佑着家园

奎星楼在湖心守护了百年

风云变化几经苦难

撰写一部传说

深情厚谊没有改变

风深湖浅

曲桥弯弯

走过多少文人墨客

留下多少动人诗篇

水纹波动心弦

碧波牵动爱恋

光阴的故事来来往往

只为寻觅一个遥不可及的圆满

秋　雨

秋雨沥沥

打湿了凡尘的回忆

几卷经书

在留有闲置的空间里等你

秋雨滴滴

红尘路上卿卿我我的迷离

就算是你我都已顿悟顿修

释然转身解脱入泥

秋雨细细

朦朦胧胧在宁静致远的禅意

生生世世

众生只为执念的菩提

秋雨凄凄

难以述说相思凉苦的孤意

或许天涯太过遥远

长夜漫漫都是无奈的清寂

遥远的爱

太过遥远

无法计量痴情的海枯石烂

案头堆积着无法邮寄的书信

满纸都是思念

眼泪泛滥

滴落在密密麻麻的字里行间

拷问着每一句誓言

留下多少浓浓的心酸

深夜漫漫

繁星满天

细数盘点着一往情深的苦涩

自己孤枕难眠

有苦难言

落荒而逃凄凄惨惨

思绪也飘向了远方

搁置已久的竖琴更是无心再弹

浮　沉

生来自带浮沉

全部融化在浩浩荡荡的光阴

云烟成雨

何须再次苦苦的追问？

红尘滚滚

试图撞开城池厚重的心门

宿命早已稳妥的安排

魂牵梦萦之中掺杂多少的苦闷

一意孤行的年轮

背负着沧海桑田的隐忍

来来往往皆有因果

仿佛都是形同虚设的陪衬

寒蝉怨恨

遗憾路过黄昏

谁还在乎无辜无怨的哽咽

幽梦匆匆却是无可奈何的缘分

金 乡

美丽金乡

多少传奇的故事源自山阳

古老的缯城带着崭新的梦想

笑容里一直闪烁着泪光

湖水涓涓的流淌

久违的爱恋在幸福中摇晃

绿树成荫鸟语花香

把金谷装进岁月的行囊

让牵念一直温暖着守望

点点星光照亮着故乡的小巷

依旧痴情的等待

多年以后依然留下着念想

一张壮馍一碗鸡汤

一碟蒜泥就是一篇文章

羊山古集曾经有过的悲壮

永远不能遗忘

推开一扇扇明亮的天窗

把感人的歌谣传唱

历史有了厚重的包浆

文峰塔承载着虔诚的信仰

穿行在灯火辉煌的路网

行走在回家的路上

小城的故事总是熙熙攘攘

那么平凡而滚烫

外面的世界再精彩

还是习惯留在一个老家的地方

它的名字很响亮

它的名字叫金乡

◆ 杨焕梅

春

辞去冬日

春回大地

天空

由雾霾灰

变成了

水蓝

一轮艳阳

挂在天空

暖意

油然而生

草芽破土而出

露出尖尖脑袋

远远望去

一层绿意

映入眼帘

三五孩童

在坡地上放风筝

奔跑嬉闹

朵朵花儿绽放于面庞

身旁大人

仰望风筝

希望

生生不息

秋

秋

是一位魔法师

它匠心独运

魔法棒一挥

树叶

瞬间

由碧绿变成金黄

漫山遍野层林尽染

如梦似幻

站在金秋里

身心摇曳

思绪

纷飞

海南之夏

太阳

俨然一个火球

悬在头顶

三尺之遥喷吐火舌

身处火焰中心

无处可逃

然

植物茁壮

草木茂盛

树冠如蓬

终有一可去之处

瞬间

沐浴清凉

天上人间

两重天

可恨

可爱

上海之夏

骄阳

燃烧层层水汽

使之沸腾

倾泻而下

覆于人身

一年三百六十五日

大半年时间

犹如深陷一口大锅

日日蒸煮

心情

亦如外在

黏黏糊糊

唯有深夜外滩

那一缕清凉之风

聊以抚慰人心